Collection 4 couleurs

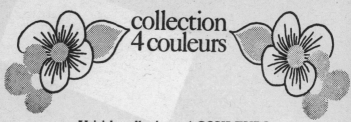

# collection 4 couleurs

*Voici la collection « 4 COULEURS »*

Des œuvres romanesques dont la qualité révèle les sentiments humains dans toute la force de leur expression.

Elle vous entraînera dans un univers où se mêlent l'amour et l'indifférence, l'étrange et le réel, des existences et des paysages que vous aurez peut-être un jour le bonheur de connaître.

En compagnie de héros dont les aventures ne cesseront de vous captiver, vous découvrirez les passions qui peuvent habiter l'âme humaine, dans un cadre chaque fois nouveau qui sera pour vous une halte salutaire dans votre vie quotidienne.

Dans un monde où nous côtoyons tous les jours l'âpreté et la violence, « 4 COULEURS » vous prouvera que la vie conserve un aspect heureux, et vous aidera à mieux le découvrir.

Séduisants par leur prix et par leur présentation, pratiques par leur format, les romans « 4 COULEURS » trouveront aussi bien leur place dans votre poche que dans votre bibliothèque.

# UN ÉTRANGE
# AMOUREUX

HÉLÈNE SIMART

# UN ÉTRANGE
# AMOUREUX

LIBRAIRIE JULES TALLANDIER
17, rue Remy-Dumoncel, PARIS (XIVe)

Une lourde nuit d'été enveloppait le jardin. De rares voitures troublaient le silence.

Au centre d'un vaste salon où régnait en permanence un clair-obscur mélancolique, Henri Larsenne jouait du piano. Parfois, son regard ardent se posait sur le portrait d'une très jeune fille, presque une enfant, qui souriait au centre d'un cadre d'argent.

C'était un homme encore séduisant en dépit de quelques rides qui froissaient ses paupières. La bouche avait un dur pli d'orgueil. Aux tempes, les sombres cheveux grisonnaient, et ces deux parenthèses plus claires contribuaient à lui donner l'air hautain et distingué. Tout le feu de la vie se concentrait dans le regard. Tout le feu de la haine, aussi...

Quel était le secret qui, depuis des années, lui ravageait le cœur? Il vivait seul, aidé par une vieille domestique, dans cette maison de Bougival, proche de la Seine, aux pièces vastes et trop nombreuses.

Soudain, brisant le silence, un coup de revolver éclata. Une agression? Le fait n'était pas rare, en cet endroit désert. Quelques minutes s'écoulèrent. Inertes à présent, les longues mains pâles de Larsenne restaient posées sur le clavier.

Puis il y eut un autre bruit. On marchait dans le jardin! Il en était sûr! Quelques secondes encore, et le timbre de la porte d'entrée retentit violemment, avec insistance.

Après avoir glissé dans sa poche une arme qui ne quittait jamais son tiroir, Henri Larsenne gagna le vestibule, déverrouilla la haute porte de chêne, essayant de distinguer le visiteur à l'aide de l'œilleton percé dans le bois. Mais l'image était floue. Résolument, il ouvrit.

Un homme se tenait sur le seuil, la main crispée sur la sonnette de bronze, s'y agrippant pour ne pas tomber. Cet homme était si grand que Larsenne dut lever les yeux pour rencontrer son visage. La nuit en estompait les contours. Il n'eut d'ailleurs pas le temps de poursuivre son examen. La main glissa sur la sonnette, l'homme se plia en deux comme un canif et s'écroula lourdement à ses pieds.

Perplexe, Larsenne se pencha, promena une main investigatrice sur le corps, examina ses doigts : du sang! L'inconnu était blessé. Grièvement?

Ce fut moins la pitié, sentiment qui lui était

totalement étranger, qu'une curiosité d'homme
solitaire visité par l'aventure, qui fit agir Larsenne.
S'arc-boutant, il parvint à traîner le corps inerte sur
le dallage du vestibule, repoussa la porte. La pièce
la plus proche étant la bibliothèque, il l'y transporta
tant bien que mal, réussit à le faire basculer sur le
divan bas, alluma la lampe de chevet pour l'examiner. A présent, l'inconnu s'offrait sans tricherie,
sous la lumière qui révélait tous les détails.

C'était un homme jeune, entre vingt-cinq et
trente ans. Son teint basané était à peine pâli par la
syncope. Ses cheveux étaient longs, emmêlés sur un
front têtu. Une barbe de plusieurs jours ombrait
son menton. L'ensemble des traits était dur et sec.
Le relief léger des muscles accentuait le méplat des
joues.

Etendu, il paraissait immense. Les épaules larges
tendaient la toile de la chemise américaine au col
froissé, largement échancrée sur le torse brun. Un
blue-jean élimé complétait la tenue.

Larsenne arracha avec décision la toile poissée de
la chemise pour repérer la blessure, la considéra
sans émotion.

« La balle a traversé la chair, sans atteindre
d'organe vital. »

Diagnostic d'amateur. Mais il se fiait à son
instinct. Et puis, le blessé était jeune, robuste.
L'ennui, c'est qu'il avait certainement perdu beau-

coup de sang. Qui l'avait blessé ? Etait-il attaqué ou attaquant ?

C'était la question que se posait Larsenne en accomplissant les gestes du secouriste. Après avoir inspecté l'armoire à pharmacie, il revint avec les éléments jugés nécessaires pour un pansement de fortune. Première urgence : laver la plaie à l'alcool. Poser une couche de gaze. Envelopper adroitement le tout. Etait-ce suffisant ?

Sous la morsure de l'alcool, la figure du blessé avait frémi.

Une plainte filtra des lèvres serrées. Les paupières remuèrent, puis s'ouvrirent, révélant des prunelles claires, d'un gris-vert, sous l'auvent des sourcils épais.

— Buvez, dit Larsenne en tendant un verre d'eau dans laquelle il avait dilué un calmant, à tout hasard.

Sans protester, l'inconnu obéit. Il ne posait pas de questions, en homme blasé qui ne s'étonne de rien. Pourtant, ses yeux conservaient des traces de colère.

Après avoir bu jusqu'à la dernière goutte, il dit simplement :

— Merci. Vous êtes toubib ?

— Non, mais je vais en appeler un.

— C'est inutile. Je ne crois pas être grièvement atteint.

Il avait riposté avec vivacité.

— On ne sait jamais. Il vaut mieux être prudent.

— Puisque je vous dis que c'est inutile !

— Pourquoi refusez-vous ? Auriez-vous peur ?

Larsenne fit traîner sa phrase :

— ... peur d'une certaine publicité ?

— C'est un peu ça, admit l'inconnu, qui tenta, sans y parvenir, de se redresser sur un coude.

Ils se dévisageaient.

Dans l'esprit machiavélique de Larsenne, une idée s'étoffait, se déployait à la façon d'un éventail, avec des ramifications issues de la maladie qui le rongeait. Une maladie nommée amour. Amour et haine.

« Pourquoi pas ? »

Il avait pensé tout haut et le blessé commençait à s'impatienter de cette longue méditation.

— Quelque chose ne va pas ? questionna-t-il sèchement.

Henri Larsenne ne répondit pas tout de suite. Il venait de s'apercevoir qu'au fond, malgré son existence d'ermite, il n'avait jamais cessé d'espérer. Le hasard lui offrait enfin l'occasion d'agir. Un signe du destin. Avant tout, malgré sa conviction intime, ne pas faire de faux pas.

Ce visiteur du soir pouvait-il devenir l'instrument de sa vengeance ?

— Tout va très bien, répondit-il enfin. Du

moins pour moi. Et je suis de votre avis. Vous ne
courez aucun danger et je ne vais pas appeler de
médecin.

L'autre bâilla.

— Je vais vous laisser dormir, poursuivit Larsenne. Si vous avez besoin de la moindre chose, je
suis à côté. Je dors très peu. De toute façon, mon
sommeil est extrêmement léger.

— Je suppose que je dois vous remercier?

— Bah! Nous verrons plus tard. Ce que j'ai fait
est naturel.

— Quand même, vous êtes courageux. J'aurais
pu avoir de mauvaises intentions à votre égard.

— Dans l'état où vous étiez...

— Mais vous l'ignoriez en m'ouvrant votre
porte.

— Rassurez-vous, j'étais armé. Au moindre
geste de menace, je n'aurais pas hésité à tirer.

— Vous avez raison. Moi non plus.

Ils se mesurèrent du regard. Si les fronts étaient
transparents...

« C'est un aventurier. Il en a le faciès. Il doit être
sensible à l'appât de l'or. Un complice idéal. Une
chance à ne pas laisser passer... »

Soliloque intérieur. Joie farouche, qui faisait
briller les sombres prunelles.

Les paupières du blessé s'abaissaient. Il luttait
contre la torpeur.

— De quelle façon avez-vous été blessé ?

Silence. L'homme dormait. Alors Larsenne se retira à reculons comme un dompteur quittant la cage.

\*\*\*

Le glissement du courrier sous la porte réveilla Larsenne. Une habitude de Jeanne. Elle ne lui apporterait le petit déjeuner que plus tard, sur son ordre.

Il n'y avait pas de lettres. Seulement le journal. Il le déplia fiévreusement. Son regard aigu accrocha un article :

« Agression nocturne à Bougival, quai Boissy-d'Anglas ». Un richissime homme d'affaires américain, Thomas Edward Feninger, a été attaqué au volant de sa voiture. Sans doute avait-il eu la complaisance de prendre à son bord un auto-stoppeur qui en aura profité pour tenter de lui voler son portefeuille. Thomas Feninger a défendu son bien, on l'a retrouvé évanoui à son volant, un revolver à la main. Il a certainement eu la force de tirer sur le bandit avant de perdre connaissance. Il a été transporté à l'hôpital, où les chirurgiens ne peuvent se prononcer sur son état. L'auteur de ce lâche attentat, si courant, hélas ! de nos jours, s'est enfui et reste introuvable, malgré les recherches effectuées dans les environs.

Larsenne avait lu d'un trait. Tout concordait. Une balle dans l'épaule, l'agresseur en fuite avait frappé à sa porte. L'homme était à sa merci!

En proie à une ardeur inhabituelle, il fourra le journal dans la poche de sa robe de chambre, se dirigea vers la bibliothèque d'un pas de jeune homme. La veille, prudemment, il en avait verrouillé la porte. Il ne voulait pas mettre Jeanne au courant. D'ailleurs, Jeanne avait pour consigne de ne jamais pénétrer dans cette pièce, où Larsenne aimait écrire dans la solitude et le silence.

L'inconnu était toujours allongé sur le divan, dans la même position. Dieu qu'il était grand! Il ressemblait à un cow-boy de cinéma.

Larsenne se pencha, fut tout à fait rassuré en constatant que la respiration était calme et régulière. Son diagnostic était juste. Rien de grave.

Son regard devait distiller un fluide. Sous l'examen acéré, les traits du dormeur s'animèrent. Puis les yeux s'ouvrirent, clairs et durs. Un bras jaillit comme une lanière et le corps tout entier s'étira en un réflexe de fauve.

Les deux hommes se considérèrent quelques instants sans rien dire, chacun essayant de deviner les sentiments de l'autre.

— Comment vous sentez-vous, ce matin?

Le blessé sourit.

— On ne peut mieux. J'aimerais manger une bricole, si ce n'est pas abuser de votre hospitalité.

— Dans un instant, je vous apporterai du café et des tartines.

— Pourquoi pas tout de suite?

Les dents de jeune loup étincelaient sous le pli du sourire.

— Tout d'abord, il faut que nous ayons une petite conversation, dit Larsenne en prenant un siège et en s'installant près du divan.

— Si vous y tenez... Je ne suis pas contrariant de nature.

Une fois encore, ils s'affrontèrent. Aucun ne consentait à baisser les yeux. Dans ceux de Larsenne, un défi.

— Lisez, dit-il en tendant le journal et en désignant l'article de l'index.

L'autre s'exécuta. Quand il releva la tête, un sourire ambigu flottait sur son visage.

— Très intéressant.

— C'est tout à fait mon opinion.

Qui se découvrirait le premier?

— Hier soir, dit enfin Larsenne, vous avez eu de la chance : c'était le jour de congé de Jeanne. Et Jeanne est bavarde, comme toutes les femmes.

Comme l'autre ne semblait pas comprendre, il appuya :

— J'étais seul. Je suis donc l'unique témoin.

Le blessé devait posséder un sang-froid à toute
épreuve. L'habitude du risque, des coups durs. Il
ne manifestait pas la moindre émotion, aucune
frayeur. Mais ses traits s'étaient durcis à l'extrême,
ainsi que sa voix.

— En effet, j'ai de la chance. Mais j'imagine que
vous allez me la faire payer cher?

— Revenons à ce fait divers, dit Larsenne,
éludant la question trop directe. Vous n'y êtes
certainement pas étranger?

— J'y ai participé, mais cela a mal tourné pour
moi, comme vous avez pu vous en rendre compte.

Après l'aveu, l'homme semblait détendu. Pourtant, une certaine étincelle verte au fond du regard
inquiétait Larsenne. L'individu se voyant découvert, pouvait se montrer dangereux. Aussi s'em-
pressa-t-il de préciser :

— Rassurez-vous, je n'ai averti personne et je
n'ai pas l'intention de le faire.

Ils continuèrent à s'étudier.

— J'en reviens à ma question, reprit le blessé.
Elle se résume en un mot : combien?

— Je me moque de l'argent!

Larsenne se leva d'une détente, fit quelques pas
vers la fenêtre, tambourina nerveusement sur la
vitre embuée. Il hésitait encore. Pouvait-on se fier à
une jeune crapule de cet acabit? Evidemment, il le
tenait. Un coup de fil à la police...

Il revint vers le divan, abaissa son noir regard vers le jeune homme, à la manière d'un hypnotiseur.

— Je ne vous dénoncerai pas, articula-t-il en détachant bien les mots, comme pour les faire mieux comprendre. Vous êtes en sûreté ici et vous serez rapidement guéri.

Le blessé eut un tic nerveux qui déforma sa bouche.

— Pourquoi souriez-vous ?

— Toujours la curiosité : je me demande la raison de votre mansuétude.

— Vous pourriez envisager la simple charité, le mépris de la délation ?

— Non, ces sentiments louables ne correspondent pas à votre profil.

Au lieu de se fâcher, cette estimation amena un sourire amusé sur les traits sévères de Larsenne. Ce garçon commençait à l'intéresser prodigieusement.

— Lesquels m'attribuez-vous ?

— En bloc, il existe deux sortes d'individus. Ceux qui agissent gratuitement et ceux qui calculent.

— Dans quelle catégorie me placez-vous ?

— Dans la seconde, évidemment. Vous avez une idée derrière la tête et vous allez me la dire.

Au dernier moment, tel l'insecte qui hésite à

s'aventurer sur un brin d'herbe, Larsenne marqua un temps.

Pendant qu'il réfléchissait à la manière dont il allait exposer la situation, l'autre souriait, de cet irritant sourire que Larsenne appréhendait.

— C'est donc si difficile à dire?

Larsenne fut sensible à l'ironie mordante. Un court instant, il se sentit en position d'infériorité. C'était le comble!

N'était-ce pas lui qui tirait les ficelles? Qui avait le pouvoir de priver le garçon de liberté? Il fallait prendre une décision. Ne pas avoir l'air, surtout, de craindre une menace quelconque.

— Ce n'est pas difficile, seulement un peu compliqué.

Il s'anima :

— Etes-vous de taille à devenir l'instrument de ma vengeance?

Le grand mot était lâché, libérant tous les autres.

— Avant de vous engager, je veux une certitude. L'assurance que rien ne vous fera reculer!

Le regard vert soutint hardiment le sien.

— Je pense être capable de tout. Continuez...

— J'exigerai de vous du tact, de la patience, une totale absence de scrupules et de sensiblerie. Je vous dicterai mes ordres, vous indiquerai votre rôle. Voyez-vous ce que je veux dire?

— Très bien. On appelle ce genre d'homme un

mercenaire. Maintenant, avant d'accepter, je veux comprendre. Mercenaire, oui. Robot, non.

Larsenne dut se résigner. Après tout, qu'importait? Sa mission terminée, l'homme disparaîtrait. Au besoin, il s'en chargerait.

— Pour vous faire comprendre, il faut remonter des années en arrière, mais je peux vous épargner ces détails.

— Je préfère tout connaître.

Vaincu, Larsenne soupira.

— Puisque vous y tenez...

— Il s'agit d'une famille qui m'a causé de grands torts, qui m'a fait beaucoup souffrir, à des titres divers. Je veux la détruire.

— Hé là! Doucement les basses. Je ne suis pas un tueur à gages.

— Je croyais vous avoir fait comprendre que je désire une vengeance plus subtile. Détruire n'est pas tuer. Seriez-vous sot? Dans ce cas, vous me décevriez beaucoup.

Larsenne avait repris son air hautain.

— Passons. Avez-vous entendu parler de Paul Danzigier?

— L'écrivain? Oui, il est assez célèbre. Remarquez, je n'ai lu aucune de ses œuvres. Pas le temps. Je suppose qu'il a du talent?

Sans le savoir, il venait de toucher une corde sensible. Larsenne tressaillit.

— Du talent! C'est facile d'en avoir, en volant les idées des autres!

— Je dois donc comprendre qu'il exploite un type qui cogite à sa place? On appelle ça un nègre, dans le jargon littéraire.

— C'est cela. Mais il a fait pire. Il s'est servi de certaines confidences pour me ridiculiser. C'est un ancien condisciple. Nous avons grandi, étudié ensemble. Et quand j'aurai ajouté qu'il est parvenu, grâce à sa position sociale, à me voler la femme que j'aimais...

— O.K. Je commence à comprendre la situation. Mais que voulez-vous lui faire?

— Ne vous inquiétez pas. J'ai songé à tout. Je serai la tête, vous, le bras. Obéissez, vous ne le regretterez pas.

Dans la pâleur du visage, le regard prenait un éclat inquiétant.

— J'ai tout pesé, tout calculé, poursuivit fiévreusement Larsenne. J'ai mûri chaque détail de mon plan, envisagé les pires situations. Le piège est bien en place. Il ne suffit plus que de faire basculer la trappe.

— Depuis combien de temps avez-vous manigancé tout ça?

La réponse fit sursauter le garçon.

— Dix ans.

— On peut dire que vous avez la rancune tenace !

Larsenne cessa de triturer ses doigts. Il fixait dans l'espace une image invisible. Joie et douleur. Le courant des souvenirs l'entraînait.

— Lors de notre dernier entretien, nous avons échangé quelques propos assez vifs et il m'a condamné sa porte. Depuis, je me suis contenté de le suivre, de loin, de m'intéresser à sa carrière. Parfois, je venais rôder près de sa demeure...

L'image obsédait Larsenne. Paradis perdu, inaccessible.

— A l'époque, sa fille avait dix-sept ans. A présent, elle en a vingt. Mais c'est toujours une enfant. Bientôt une femme...

— Comment s'appelle-t-elle ?

Le nom glissa comme un aveu :

— Célia.

Sur les traits heurtés, jouait un reflet tendre. Brève métamorphose. Le masque tourmenté réapparut, tandis que la voix vibrait d'une rancune intense en expliquant :

— Paul Danzigier a deux enfants. Sa fille Célia et son fils Philippe. Le garçon est du genre blouson doré, si vous voyez ce que je veux dire. Il faudrait peu de choses pour l'orienter vers la mauvaise voie. Un petit coup de pouce et hop ! Il a 16 ans, l'âge des pires sottises...

— Il n'y a pas d'âge pour les sottises. Enfin...
J'espère justifier le salaire princier que vous allez
m'offrir pour cette mission de confiance.

— Une mission... répéta songeusement Larsenne. Pour être plus précis, il s'agit de trois
missions.

— Résumez.

— Compromettre Philippe, comme je viens de
vous le dire, puis s'attaquer à Paul Danzigier, en
dénonçant sa tricherie, pour l'humilier, le mettre
plus bas que terre. J'ai lu ses derniers romans, ils
ne correspondent pas du tout à sa personnalité.
Jamais Paul n'a eu ce genre de style! Je veux que
vous découvriez son secret, il faut qu'il soir ruiné,
déshonoré, ridiculisé!

Autant de mots, autant de coups. Larsenne
ponctuait ses menaces de tics nerveux.

— C'est me faire beaucoup d'honneur que de
me croire capable d'un tel tour de force. Pour le
fils, passe encore, puisque la matière première s'y
prête, mais pour le papa, un homme arrivé, c'est
une autre paire de manches. Pourquoi ne pas vous
adresser à un détective privé?

— Non, c'est un homme comme vous qu'il me
fallait, arriviste, sans scrupules. La providence a
guidé vos pas. J'ai l'impression que c'est vous que
j'attendais. Et j'espère que nous ne regretterons
cette rencontre ni l'un ni l'autre.

Le blessé fit craquer une à une les jointures de ses doigts.

— La troisième mission? demanda-t-il d'un ton volontairement neutre.

Larsenne tressaillit.

— La troisième concerne Célia, dit-il, sans pouvoir empêcher sa voix de trembler.

— Quel sort lui réservez-vous, à celle-ci? Traite des blanches?

Larsenne respira plusieurs fois, profondément, pour se dominer.

— Célia est fiancée. A aucun prix je ne veux que ce mariage ait lieu! Vous aurez carte blanche pour agir. La ruse d'abord. Au besoin, vous emploierez la force!

— Qu'appelez-vous la force? Supprimer le fiancé?

— Non. Vous enlèverez Célia, tout simplement.

— Un rapt, comme vous y allez! Il est vrai que de nos jours, c'est monnaie courante. Et après?

— Après? Vous l'emmènerez dans un endroit que je vous indiquerai. Le reste, je m'en charge.

L'autre sifflota.

— Joli programme. Séquestration...

— Si ce programme vous effraie...

— Rien ne m'effraie.

Le jeune homme regarda Larsenne bien en face. A travers tant de méchanceté diabolique, il discernait un fil conducteur. Un peu comme un fil d'or perdu dans la trame d'une grossière étoffe.

Dans le paroxysme des passions, la haine, parfois, ressemble étrangement à l'amour. Deux sentiments dont l'alliage forme un mélange explosif.

— Vous l'aimez donc à ce point?

De livide, le teint de Larsenne vira au rouge brique. Il venait de recevoir un coup bas.

— Mais vous êtes fou! Je n'aime personne! Ne voyez-vous pas au contraire que je désire lui faire tout le mal possible? Et puis cela ne vous regarde pas! Contentez-vous de recevoir mes ordres et de les exécuter!

— Comme vous voudrez. Ce que j'en disais... Tout de même, permettez-moi de vous féliciter. Dans votre genre, vous êtes un type absolument génial.

Apparemment insensible au compliment, brusquement calmé, Larsenne considéra son interlocuteur avec une attention accrue. Le jeune homme questionna :

— J'ai une verrue sur le nez?

— Non. J'essaie de vous imaginer convenablement vêtu, rasé, coiffé. Vous n'êtes pas trop vilain garçon. Vos propos ne me semblent pas vulgaires, oui, je pense que cela pourra aller. Le personnage est vraisemblable.

Une pause.

— Quel est votre nom?

— Ted.

— Ted comment?

— Je vous propose Davis.

— C'est le vôtre?

— Oui et non. J'ai abrégé, pour les besoins de la cause. Mais que vous importe?

— D'accord. Ce nom-là ou un autre...

— Auriez-vous oublié que je meurs de faim? Dans ce cas, je vous le rappelle.

— Très juste. Mais je vous demande encore quelques instants d'attention. Résumons : vous prenez contact avec les Danzigier, muni de toutes les indications sur leurs goûts, leur manière de vivre. Je vous épaulerai, vous donnerai des directives. Nous nous arrangerons évidemment pour établir un contact permanent.

— Minute! Ma curiosité est encore plus vive que mon appétit. Vos projets me paraissent hérissés de difficultés. Si j'ai bien compris, il s'agit de gagner la confiance de la famille Danzigier, pour mieux lui nuire par la suite. Mais comment?

Un sourire plein de prétention étira la bouche mince de Larsenne.

— Me prenez-vous pour un hurluberlu? Combien de fois faudra-t-il vous répéter que le mécanisme est soigneusement étudié? Ne reste plus que le détonateur.

— La machine infernale, en quelque sorte. Vous allumerez la mèche.

— Ecoutez bien ces renseignements, ils vous serviront : Danzigier vit avec sa sœur Irène, qui l'aide pour l'éducation des enfants. C'est une vieille folle qui s'est prise d'un amour immodéré pour un minuscule chien qu'elle traîne partout avec elle. Vous n'aurez qu'à kidnapper cet animal et feindre de l'avoir retrouvé, après un laps de temps suffisant pour désespérer sa maîtresse. Je vous prédis l'accueil le plus chaleureux. Vous serez le sauveur, les portes vous seront ouvertes.

— Très ingénieux. Vous avez raté votre vocation. C'est vous qui devriez écrire les romans. A propos, où perchent-ils, vos Danzigier ?

— Où voulez-vous qu'ils soient, à cette époque de l'année ? Nous sommes en été, ne l'oubliez pas. Sur la Côte, évidemment. Ils descendent toujours au même hôtel. Le meilleur, du reste. Paul ne se refuse rien.

Le jeune homme s'étira, sans précaution, geste qui lui arracha un petit cri de douleur.

— Justement, reste un dernier point dont nous n'avons pas encore discuté : mes appointements.

— Si vous réussissez, je serai généreux sans limites. Nous préciserons cela après le petit déjeuner.

L'autre fit claquer ses doigts. Une pichenette dans l'espace.

— Dernier renseignement : d'accord, à partir de maintenant, je deviens votre homme de main. Mais pour qu'elle atteigne son but, une vengeance ne doit pas demeurer anonyme. Resterez-vous toujours dans l'ombre ?

Larsenne redressa fièrement la tête.

— Depuis tant d'années, je ne vis que pour l'heure de la revanche! Ce jour est arrivé. Oui, Danzigier apprendra la vérité! Mais plus tard. A l'instant choisi par moi. Le dénouement m'appartient!

Toutes les flammes de l'enfer s'étaient réfugiées dans ses prunelles. Malgré lui, le garçon frissonna. Un malaise l'envahit. Quel maître s'était-il donné ?

— Vous êtes le diable en personne, murmura-t-il.

Larsenne s'était dirigé vers la porte. Il se retourna à demi, eut un dernier sourire de cruel orgueil.

— Le diable? Peut-être. Mais celui qui deviendra mon serviteur n'aura pas à s'en plaindre.

Hôtel quatre étoiles, le Bailli de Suffren dominait superbement le Canadel. Un large escalier bordé de lauriers-roses conduisait à la mer qui ronronnait en contrebas.

Les clients prenaient leurs repas sur la terrasse au plafond de toile bleue imitant le ciel, face à la plage.

Le déjeuner finissait, dans les effluves du homard Thermidor et des omelettes flambées. Au loin, l'horizon se poudrait d'une fine brume de chaleur. Le bleu immobile de la Méditerranée se rayait parfois d'un trait d'écume, dans le sillage d'un chris-craft fuyant vers les îles.

Le bien-être qui suit les bons repas plongeait les clients dans une douce torpeur.

Sans daigner la regarder, Irène Danzigier s'adressa à la jeune fille assise à son côté :

— C'est l'heure de la sieste d'Opaline, Nathalie. Allez l'installer dans sa corbeille.

La voix était aussi sèche que le visage. Une bague de prix brillait à la main parcheminée, soigneusement manucurée, terminée par cinq griffes écarlates.

Sans y parvenir, un savant maquillage tentait de réparer l'outrage des ans. L'usure du visage était compensée par une silhouette extrêmement mince. De dos, on aurait pu prendre Irène Danzigier pour une jeune fille.

— Bien, madame.

Nathalie obéissait. Que faisait-elle d'autre, depuis

tant de jours ? Elle était grande, bien faite, avec
la masse des cheveux acajou autour de son visage
rond pointillé de taches de rousseur. Un visage
qui avait du charme, malgré l'expression d'amertume qui le durcissait.

Rien ne la distinguait des autres clients du Bailli,
si ce n'était une tenue sage, composée d'une jupe de
toile et d'un classique chemisier. Dans cet univers
de vacances où les gens les plus sérieux d'ordinaire
arborent les toilettes les plus excentriques, cette
simplicité ressemblait à un uniforme : celui des
subalternes.

Nathalie repoussa sa chaise, se baissa pour
cueillir une petite boule de soie blanche et frisottée
qui achevait de lécher une soucoupe de crème à la
vanille, puis se dirigea vers l'ascenseur situé au
centre du hall tendu de moquette orange. La cellule
photo-électrique ouvrit la porte à son approche. Le
chien dans les bras, elle quitta l'ascenseur, entra
dans une chambre luxueuse, déposa son minuscule
fardeau au fond d'une corbeille capitonnée, alla
tirer les rideaux, considéra longuement la petite
chienne qui se lovait dans le nid soyeux avec une
évidente satisfaction, sa truffe rose entre ses pattes
en peluche.

« Toi, ma vieille, tu peux dire que tu as tiré le
bon numéro. »

Elle soupira, s'approcha des rideaux, passa sur la

terrasse. A cette heure chaude, la plage était à peu près déserte. Juste quelques fanatiques du bronzage, étendus sur le sable, les bras en croix, pareils à des étoiles de mer. Au loin, deux gerbes d'écume encadraient un skieur nautique, dont la silhouette nerveuse se découpait sur fond de lumière. De chaque côté de la plage, comme pour la protéger, le roc couleur de rouille mordait la mer.

Nathalie quitta la terrasse. Il y faisait trop chaud. Après avoir jeté un coup d'œil distrait vers la corbeille qu'elle était chargée de surveiller, elle prit un livre et s'installa dans un confortable fauteuil.

Bientôt, une torpeur la gagna. L'histoire policière n'était pas captivante. Incapable de résister au sommeil, elle s'endormit.

Lentement, le rideau s'écarta. Avec d'infinies précautions, un homme enjamba la porte-fenêtre pour pénétrer dans la pièce. La main s'allongea vers la corbeille douillette, projetant son ombre sur la petite chienne endormie.

Sans même ouvrir l'œil, Opaline eut un faible jappement, puis se pelotonna de nouveau, avec confiance, dans ce nouvel abri qui ne manquait pas de douceur : le tunnel tiède d'une chemise masculine, entre la peau et l'étoffe.

Puis l'homme escalada en sens inverse le balcon mitoyen. Un jeu d'enfant, ce rapt.

Le Bailli de Suffren était en pleine révolution! Accablé, le personnel courbait la tête sous la tempête d'imprécations que proférait l'importante cliente qu'était Irène Danzigier.

Gêné, son frère l'exhortait en vain à plus de modération.

— Calme-toi, Irène. Personne n'est fautif, dans cette histoire. On la retrouvera, ton Opaline.

— Je l'espère bien! On fouillera toutes les chambres! Je mènerai moi-même l'enquête! J'avertirai la police!

La narine frémissante, l'œil fulgurant, Irène Danzigier ressemblait à un capitaine sur le pont de son navire en perdition.

— Personne n'est fautif, as-tu dit? Si, Nathalie! Je la paye pour surveiller Opaline! C'est une grave faute professionnelle que je saurai sanctionner à sa juste valeur! Je la traînerai en prison s'il le faut!

— Tu exagères tout. Ce n'est pas un crime que de s'être assoupie. Nul ne pouvait prévoir...

S'approchant d'un air faussement navré, le patron du Bailli mit provisoirement fin à la discussion.

— J'ai interrogé tout le personnel, madame.

— Mademoiselle, rectifia sèchement Irène.

— Nous avons inspecté tous les recoins, les alentours, la plage, le moindre placard susceptible de contenir votre petit chien.

Elle le toisa d'un air furieux.

— Et naturellement, vous n'avez rien trouvé ?

Le directeur arrondit les bras en signe d'impuissance.

— Hélas non, mais soyez certaine que les recherches continuent, avec le plus grand zèle.

« Quelle enquiquineuse ! Je devrais interdire les animaux dans mon établissement. Où ce chien a-t-il pu se fourrer ? Il est si petit... »

Pendant que le directeur agitait ces irrespectueuses pensées, sa figure conservait l'empreinte du plus grand respect.

— Je vous accorde jusqu'à ce soir pour m'apprendre du nouveau.

Un peu apaisée, Irène Danziger se tourna vers son frère qui avait suivi le dialogue d'un air placide.

— Ces émotions m'ont littéralement brisée. J'ai une migraine épouvantable. Quelle heure est-il, Paul ?

— Bientôt cinq heures.

— Effrayant comme le temps passe vite. Il est vrai que nous déjeunons si tard. Où sont Philippe et Célia ?

— Je ne sais pas.

— Tu ne sais jamais rien. Pour un écrivain, tu n'as aucune imagination !

Elle ne vit pas le tic nerveux qui déforma fugitivement le visage de Danzigier. Un visage plein, sans ride, encadré d'une brève couronne de cheveux gris. Le menton rond indiquait la faiblesse de caractère, dont avait hérité son fils.

— Comptes-tu travailler, aujourd'hui, Paul ?

Cette question, pour une fois innocente, lui fut désagréable.

— En vacances, tu sais...

— Alors, pourquoi as-tu emmené Serge, si tu n'avais pas l'intention d'écrire ?

— Ecrire, écrire... Certainement, j'ai toujours des tas d'idées à jeter sur le papier. Mais l'inspiration est capricieuse. Je ne peux rien prévoir. C'est pourquoi j'ai besoin d'avoir mon secrétaire sous la main.

Il scruta son visage sec.

— Qu'as-tu contre ce garçon ? Je me suis bien aperçu qu'il ne t'était pas sympathique. Pourquoi ? Tu devrais comprendre qu'il m'est indispensable et le ménager ! S'il me quittait...

Contente de l'avoir fait sortir d'un calme qui l'exaspérait dans les circonstances présentes, Irène n'insista pas. C'était vrai, elle n'aimait pas Serge, garçon difficile à cerner, qu'elle devinait ambitieux et dont les attitudes souvent insolentes lui déplaisaient. Elle reprochait à son frère une trop grande indulgence à son égard.

D'origine slave, mince, les yeux pâles, la chevelure blonde, d'apparence fragile, Serge paraissait moins que son âge. Sa bouche conservait toujours un pli dédaigneux, son regard une expression de défi. Il paraissait en perpétuel conflit avec ses semblables.

Irène lui accordait quand même l'intelligence.

— S'il nous quittait, ce ne serait pas une grande perte ! Avec le salaire que tu lui octroies ! Il aurait du mal à trouver un pareil fromage. Rassure-toi, il ne partira pas.

Excédé, renonçant à poursuivre une conversation où il n'aurait pas le dernier mot — il ne l'avait jamais avec sa sœur —, Paul Danzigier tourna les talons.

— Je vais à la plage. A tout à l'heure.

— Et moi, je vais prendre un peu de repos et avaler deux cachets pour essayer d'enrayer l'affreuse migraine que m'ont causée tous ces soucis.

Paul Danzigier avait passé une délicieuse journée, comme il les aimait. Détendu, allongé sur son matelas pneumatique, un verre d'orangeade glacée à portée de main, il observait, yeux mi-clos, le spectacle familier de la plage. Son tempérament paresseux appréciait le climat des vacances à sa juste valeur.

Il réfléchissait aussi à la disparition d'Opaline, qui le contrariait vivement, non pour le fait en lui-même, mais pour ses conséquences. Ses délicieuses heures de farniente n'allaient-elles pas s'en trouver irrémédiablement gâchées?

« Ah! ces vieilles filles qui n'ont jamais eu d'enfant! », pensa-t-il, contrarié.

Cette réflexion lui fit évoquer Célia et un sourire heureux détendit son visage. Célia était son enfant préféré. Il en était fier, autant qu'un père peut l'être de sa fille. Célia était jeune, belle et bien portante. Tous les dons réunis en une seule personne. Bruno, le garçon qu'elle allait épouser, était un parti idéal. Son père possédait une des plus importantes usines de produits chimiques de France. Quant à Philippe...

Son sourire s'escamota. Philippe, c'était le point noir de la famille. Il ne lui avait jamais donné satisfaction. Certes, il comprenait qu'il n'avait pas su l'élever, pas eu la poigne nécessaire pour tenir et guider son fils. « Il faut bien que jeunesse se passe! Le temps arrange tout. »

Dans le cas de Philippe, le temps n'arrangeait rien, au contraire. Il avait hérité de la faiblesse paternelle, se prenait déjà pour un homme à seize ans, fréquentait des établissements douteux, buvait sec par bravade, fumait exagérément et surtout, s'entourait de camarades peu recommandables, à l'influence desquels il ne résistait pas. Bref, il prenait le contre-pied de tout.

D'autres ombres planaient sur la vie de Paul Danzigier, mais ces ombres-là, il refusait d'y penser.

Vers sept heures, au moment où le soleil bascule derrière les rochers, il se leva et se dirigea à pas lents vers le hall de l'hôtel. Peut-être aurait-on retrouvé Opaline? C'est en caressant cet espoir qu'il franchit allègrement le seuil de sa chambre donnant sur la mer. Un quart d'heure plus tard, vêtu d'un léger costume de toile grise, il gagna le bar pour l'apéritif quotidien.

Au milieu des autres clients, il aperçut sa sœur, seule à une table. Ses mains sèches pétrissaient un petit mouchoir de dentelle manifestement trempé de larmes. Il en déduisit avec accablement qu'Opaline n'était pas retrouvée et qu'en conséquence la soirée s'annonçait maussade.

Il se glissa près d'elle, commanda un quart champagne en précisant « bien frappé », comme chaque fois, et fit semblant de s'absorber dans ses pensées, ne sachant comment entamer la conversation.

— Tu ne me poses même pas de questions ? reprocha Irène, le ton pointu.

— Si tu ne m'en donnes pas, et à en juger par ta mine, j'en déduis que les nouvelles sont mauvaises.

— Ni mauvaises, ni bonnes. Opaline reste introuvable.

— J'espère que les enfants dîneront avec nous ce soir, dit-il pour faire diversion.

Un rire sec.

— Ne te fais pas d'illusion, mon pauvre ami. Célia est sortie avec Bruno et Philippe est venu m'informer en coup de vent qu'il passait la soirée avec des copains. Nous savons ce que cela signifie. Je me demande avec quelle bande de chenapans il s'est encore lié !

Danzigier, qui humait son champagne avec délectation et n'écoutait sa sœur que d'une oreille distraite, fut surpris du cri qu'elle poussa en interrompant brusquement son réquisitoire.

— Qu'y a-t-il encore ?

Levant les yeux, il aperçut un homme d'une trentaine d'années environ, grand et mince, qui s'avançait vers eux avec aisance, sourire aux lèvres. Ce n'était pas précisément cette apparition qui avait bouleversé Irène, mais ce que l'inconnu tenait entre les mains : une minuscule boule de poils lovée affectueusement dans ce berceau improvisé.

— Opaline !

Radieuse, levée d'un bond, Irène Danzigier
s'était emparée du petit animal qui, apparemment,
était en bonne forme, et l'accablait de caresses et de
mots tendres qui mettaient son frère au supplice,
d'autant plus qu'il surprenait des regards et des
sourires moqueurs à leur endroit.

— Le petit trésor à sa maman...

— Je t'en prie, Irène, modère-toi.

Mais toute à sa joie, elle ne l'entendit même pas.
Quand elle fut un peu calmée, Opaline serrée sur sa
poitrine comme si elle avait peur de la voir encore
se volatiliser, elle s'adressa chaleureusement à
l'inconnu :

— Monsieur, laissez-moi vous exprimer toute
ma reconnaissance. Vous êtes mon sauveur. Jamais
je ne l'oublierai. Où l'aviez-vous trouvée ?

— Le plus simplement du monde, madame.
Dans ma chambre qui, je crois, est voisine de la
vôtre. Fatigué par la chaleur et le voyage, je m'étais
assoupi et, en m'éveillant, j'ai trouvé cet amour de
petit toutou près de moi. Je viens seulement
d'apprendre qu'il vous appartenait.

— Mon Dieu ! La vilaine désobéissante ! Certainement, elle sera passée par le balcon. Je frémis
en pensant au danger qu'elle a couru. Si elle était
tombée...

— N'y pensez plus, madame. J'ai pour principe

qu'il faut toujours oublier les choses désagréables,
surtout quand elles se soldent par un happy-end.

Le jeune homme sourit en s'inclinant avec une
désinvolture pleine d'élégance qui enchanta Irène,
accrochée aux coutumes bourgeoises.

« Des manières comme on n'en fait plus... »

— Permettez-moi de me présenter : Ted Davis.

— Vous êtes en vacances ? minauda Irène, décidément conquise. Si ma question n'est pas indiscrète, êtes-vous seul ?

— Oui. C'est pourquoi j'ai pris grand plaisir à la
compagnie de cet adorable petit chien. Il est très
intelligent. Et l'on dirait un jouet en peluche,
auquel il ne manquerait que des roulettes. Vraiment attachant.

« Est-ce que je ne charge pas un peu trop ? »
pensa-t-il avant de poursuivre :

— ... nous sommes déjà une paire d'amis, hein ?

Son index flatta le dos soyeux d'Opaline qui agita
la queue en signe de contentement.

— C'est un Ténériffe, je crois ?

— Oui. Une race naine, extrêmement rare et
délicate.

Pour la première fois depuis le début des
vacances, Irène souriait, bouche et regard conju-
gués.

— Je dois vous paraître un peu ridicule, n'est-ce
pas, monsieur Davis ? roucoula-t-elle.

— Pas du tout, protesta-t-il courtoisement. Pourvu qu'il soit sincère, un sentiment n'est jamais ridicule.

« Si seulement mon neveu pouvait s'exprimer comme lui! c'est le garçon le plus charmant et le mieux élevé que j'aie jamais rencontré, dans cette époque où les bonnes manières n'ont plus cours. »

— Si j'osais... commença-t-elle en l'implorant du regard.

— Osez, madame. Tout ce qui est en mon pouvoir pour vous rendre service vous est acquis d'avance.

« Je parle comme dans un mélo d'avant-guerre. Bah! La fable corbeau-renard prend toujours. »

— Je vous demanderais de nous faire l'extrême plaisir de partager notre repas.

— A aucun prix je ne voudrais être indiscret.

— Puisque vous êtes seul! Paul?

Comprenant qu'on l'appelait à la rescousse, Paul Danzigier leva le nez.

— Paul, reprit Irène, avec une fermeté sous laquelle couvait l'ordre, remercie M. Davis et insiste pour qu'il soit des nôtres. Monsieur Davis, je vous présente mon frère, Paul Danzigier.

Les deux hommes se serrèrent la main.

— Je vous suis d'autant plus reconnaissant que, sans votre providentielle intervention, j'aurais passé des vacances abominables, cher monsieur. Ma sœur ne se serait pas consolée et m'aurait fait supporter son humeur chagrine alors que je suis innocent.

— Il faut toujours que tu me dises des mots désagréables, dit Irène.

Mais elle était trop contente pour se fâcher.

— Asseyez-vous, monsieur Davis. Que buvez-vous? proposa aimablement Irène en faisant un signe impératif au garçon.

— Scotch.

Avec un intérêt poli, Danzigier demanda :

— Dans quelle branche êtes-vous, monsieur Davis?

— Les affaires. Mais je vous en prie, ne parlons pas de mes activités. Surtout pas en vacances.

— Tu vois! triompha Danzigier, à l'adresse de sa sœur.

Elle haussa les épaules.

— Pour toi, c'est différent. L'inspiration ne doit jamais déserter.

— Comment! Seriez-vous Paul Danzigier, le grand écrivain? s'écria Ted d'un ton admiratif, en forçant la note, fidèle à sa tactique.

— L'écrivain, tout simplement, rectifia l'autre d'un air gêné.

— Mon frère est trop modeste, intercala Irène, comme si elle lui reprochait ce qui était, au fond, une qualité.

— J'ai lu vos œuvres, continua le jeune homme. Vous exercez là un métier passionnant !

Une petite veine mauve battait à la tempe de Danzigier. Visiblement, il était au supplice. Mais Ted n'entendait pas lui faire grâce et enchaînait avec un enthousiasme parfaitement imité :

— Quelle joie pour moi de connaître un romancier tel que vous ! Dans votre dernier livre, on sent la patte d'un homme qui frise le génie ! Non, ne protestez pas ! Je suis toujours en admiration devant ceux qui parviennent à exprimer les sentiments avec une telle maîtrise.

Il reprit son souffle.

— Mais où donc allez-vous chercher cela ? Quel enchanteur guide votre main ? Où puisez-vous vos idées ? Je suis indiscret, je le sais, mais j'aimerais tant connaître la source de votre inspiration, vos méthodes de travail... La machine à écrire ? Le stylo ? Faites-vous des brouillons ?

Danzigier transpirait à grosses gouttes. En revanche, Irène buvait du lait.

— Je vous en prie, monsieur Davis. Pas d'interview. Je désire un peu de repos, moi aussi.

« C'est suffisant pour aujourd'hui. Le plumitif a son compte. »

Un vent plus frais fit frissonner la toile bleue du plafond.

— Si le mistral se lève, remarqua Irène, l'eau

sera froide demain. Prenez-vous des bains, monsieur Davis?

— J'aime tous les plaisirs de la plage, madame.

— Mademoiselle, précisa Irène avec un vague regret.

Heureux que la conversation ait bifurqué, Paul Danzigier se replongeait dans la dégustation de son champagne.

A travers ses longs poils blancs, les yeux d'Opaline brillaient d'amitié en se posant sur Ted.

— Et la danse, les boîtes de nuit? questionna encore Irène.

— Je déteste ce genre de distraction. Que de futilité, de temps perdu...

Si le ravisseur d'Opaline avait un point à gagner dans l'esprit d'Irène Danzigier, c'était fait. Avec mention.

— Bravo! gloussa-t-elle, définitivement conquise. Si seulement mes neveux pouvaient vous ressembler! Et si votre exemple pouvait avoir une heureuse influence sur eux!

— Aurai-je le plaisir de faire bientôt leur connaissance?

Air détaché.

— Demain, je l'espère bien. Ils vont à la plage. C'est la seule occasion de les rencontrer, car en vacances, ils deviennent invisibles. Je constate avec amertume, cher monsieur Davis, que les enfants ne se plaisent que loin de leur famille.

— Célia n'est plus une enfant, protesta Danzigier. N'oublie pas qu'elle est fiancée, bientôt ce sera une femme mariée.

L'ombre de Larsenne se profila dans les souvenirs de Ted. Ses yeux, surtout. Flambant d'une passion totale, jusqu'à la cruauté.

Sur la plage désertée, les parasols avaient replié leurs ailes multicolores.

— Allons dîner, proposa jovialement Paul Danzigier, pour rompre le silence qui s'était installé tout à coup. Etes-vous gourmand, monsieur Davis ?

— Pas du tout.

— C'est dommage, commenta Danzigier en prenant familièrement le bras de son compagnon. Au Bailli, on mange divinement.

Ted ne put réprimer un geste de douleur.

— Qu'avez-vous, mon cher ? Vous souffrez ? Un rhumatisme, à votre âge ?

— Non. Séquelles d'un récent accident de voiture. Rien de sérieux.

— Il ne faut pas négliger une blessure, même de peu d'importance.

— Bah ! J'ai le cuir dur.

Ils s'installèrent en bordure de terrasse. Bientôt, Nathalie vint les rejoindre. Elle arborait un air inquiet et gêné. Ses paupières étaient rougies.

Irène lui octroya un sourire mince, comme une aumône.

— Ne faites pas cette figure! Opaline est retrouvée, saine et sauve, je vous pardonne. Mais vous pouvez remercier M. Davis.

Nathalie regarda Ted. D'abord rétive, elle finit par lui rendre son sourire. A première approximation, le nouveau venu était sympathique.

— Vous continuerez donc vos fonctions auprès d'Opaline, ajouta Irène avec une gravité condescendante. Mais, à l'avenir, je vous conseille de redoubler de vigilance. A la moindre négligence...

Dure, elle précisa :

— Vous êtes suffisamment payée pour ça!

Nathalie baissa la tête, les joues en feu.

Faisant diversion, le maître d'hôtel apporta des homards grillés dans leur lit écarlate. Les propos prirent un tour banalement mondain. Ted remarqua que l'écrivain employait souvent des lieux communs. Contrairement à son habitude, enchantée de la soirée, sa sœur ne songeait pas à les relever.

Au moment où l'on servait la poularde truffée, un jeune homme blond fit son apparition. Avec une assurance qui frisait le sans-gêne, sans un mot d'excuse pour son retard, il prit place à table.

— Serge Darmont, mon secrétaire, présenta Danzigier.

L'aventure d'Opaline fut de nouveau abondamment commentée. Le héros de l'histoire observait sans en avoir l'air le jeune secrétaire. Premier jugement : « Un orgueilleux. Impulsif. Sensibilité rentrée. »

— M'avez-vous rapporté les livres que je vous avais demandés pour ma documentation? demanda Danzigier.

— J'ai oublié! répondit Serge avec une insolence à peine déguisée.

Un ange passa. On n'entendit plus que le bruit des fourchettes.

« Pourquoi Danzigier ne remet-il pas ce jeune blanc-bec à sa place? » songea Ted.

Serge mangeait avec une espèce de voracité, comme s'il n'avait jamais pu assouvir sa faim. Quant à Nathalie, elle restait murée dans un silence hostile. Seule, Irène pépiait sans arrêt, comme un étourneau, sautant d'un sujet à l'autre avec un aimable éclectisme.

Le dîner se termina. Nathalie se retira la première, Opaline sous son bras, suivie par le regard sévère de sa patronne. Puis Serge prit congé à son tour, bientôt imité par Irène.

— Cher monsieur Davis, ces émotions m'ont littéralement brisée. Promettez-nous que vous continuerez à partager notre table. Si, si, j'insiste. A moins que je ne sois indiscrète?

— Au contraire, j'en serais ravi. C'est moi qui crains d'être importun.

« Je m'exprime comme un lord de la cour d'Angleterre ! »

— Importun ! gloussa Irène. Voulez-vous vous taire ! Donc, la cause est entendue. Vous ne pouvez imaginer le plaisir que vous nous faites, à mon frère et à moi. N'est-ce pas, Paul ? Mais enfin, dis quelque chose !

— Je ne peux que t'approuver, acquiesça Danzigier d'une voix molle.

Il resta seul avec son hôte pendant quelques instants encore. Le temps de déguster une fine Napoléon, en chauffant religieusement le verre ballon entre ses mains grassouillettes.

Vers onze heures, les deux hommes se séparèrent. Chacun regagna sa chambre.

Cinq minutes plus tard, Ted quittait la sienne, à pas de loup.

Une voiture freina sec. C'était une petite Giuletta blanche, extrêmement rapide. Le conducteur, un garçon mince et brun, cheveux frisés, passa le bras autour des épaules de sa compagne. Il avait vingt-trois ans, un sourire séduisant, une expression pleine d'assurance.

— Contente ? Sommeil ? Cigarette ?

Même laconisme :

— Contente. Pas sommeil. Assez fumé.

Ils rirent ensemble.

— Pour une boîte qui vient d'ouvrir, l'ambiance était assez chouette, dit le garçon d'un air connaisseur. Il y avait une musique absolument géniale. Si on y retournait demain ?

— Viens plutôt dîner avec nous.

— O.K. Il faut bien faire la cour à mon futur beau-père, de temps en temps.

— A tante Irène, surtout. C'est le chef de famille !

— Pour toi, je suis prêt à tous les sacrifices !

Il accentua la pression tendre de ses mains hâlées sur les épaules minces, attira le jeune fille contre lui et leurs lèvres se rencontrèrent.

— A demain, Bruno, dit-elle, en se dégageant d'un geste ferme, nullement troublée par ce rite quotidien.

— Tu peux dire à aujourd'hui : il est trois heures.

— Salut !

La portière claqua. La voiture blanche disparut entre les mimosas et la jeune fille, rejetant sa longue chevelure blonde en arrière, se dirigea vers l'entrée de l'hôtel, située en contrebas.

Sa taille était gracile, la poitrine haute et menue.

Ses cheveux à la limite du blond, d'un châtain
miellé où le soleil allumait des reflets pâles. Les
mèches fuyaient en pans souples, écharpe fluide,
sur la rondeur des épaules. Un hâle léger patinait le
visage mince au menton pointu de chat. Deux
prunelles d'un profond bleu marine complétaient
l'ensemble, ainsi qu'un petit nez aux ailes délicates.
« Mon Tanagra », lui disait Bruno. Unique compliment. Il n'en connaissait pas d'autres.

Son chemisier était noué à la taille, découvrant
un ventre plat et bronzé que le jean enserrait,
quelques centimètres plus bas.

Le dos appuyé au mur, un homme fumait. Sa
longue silhouette se découpait sur le fond gris de la
pierre. Au moment où, sans le voir, la jeune fille
passait devant lui, il étendit le bras pour lui barrer
le chemin.

— Bonsoir. Ça va ?

Elle ne put retenir un petit cri effrayé.

— Désolé si je vous ai fait peur.

— Je n'ai peur de personne. J'ai été surprise,
voilà tout. Bonsoir, laissez-moi passer.

— La nuit est si belle. C'est dommage de ne pas
en profiter. Bavardons un peu.

— J'ai sommeil. Je vais me coucher et je vous
conseille d'en faire autant.

— Sommeil ? Le vilain mensonge ? Ce n'est pas

ce que vous affirmiez tout à l'heure au garçon qui vous embrassait.

Elle rougit. Une habitude qu'elle ne pouvait perdre et qui l'exaspérait.

— Vous faites le voyeur? Compliments. Après tout, si vous avez un tempérament d'espion, je ne suis pas contre. A condition de ne pas en faire les frais.

Sans qu'il prononce un mot, elle perçut son ironie.

— Ce garçon est mon fiancé, si vous voulez parfaire votre documentation!

— Charmé de l'apprendre. Mais flirt ou fiancé, aucune importance. Vous êtes libre, je suppose? Libre de m'accorder quelques minutes de votre précieux temps?

Elle était fixée : c'était le genre de garçon qui l'horripilait. Trop sûr de lui, narquois, opposant une force d'inertie à toute épreuve aux reproches ou aux affronts. Difficile d'en venir à bout. Bref, l'enquiquineur sur toute la ligne. Sans doute un dragueur.

— A cette heure? Vous êtes complètement cinglé. Mais si vous êtes descendu au Bailli, rassurez-vous. Nous aurons l'occasion de nous rencontrer. Je vous présenterai Bruno.

— J'en serai enchanté. Il n'a pas l'air mal, ce garçon. Très sympa.

— Contente qu'il vous plaise.

— Vous auriez tort de refuser mon offre, dit-il en l'empêchant toujours de passer. Regardez la nuit. Elle est splendide. C'est l'heure où le ciel atteint le maximum de pureté. Il livre ses secrets à ceux qui savent le regarder. Je parie que vous n'avez jamais vu le ciel.

Machinalement, elle leva la tête, la baissa aussitôt, furieuse d'avoir obéi.

— Je le vois tous les soirs, dit-elle sèchement.

— Vous le voyez, mais vous ne le regardez pas. Enorme différence. C'est merveilleux ce qu'on y découvre. Avez-vous remarqué, juste au-dessus de nos têtes, cette étoile particulièrement brillante ? C'est Véga de la Lyre. Je peux vous désigner toutes les constellations. Je sais le ciel par cœur.

— Quel lyrisme ! Vous êtes astronome ?

— Non, plutôt poète et vagabond. Ça va ensemble.

— Un vagabond qui habite au Bailli de Suffren, c'est assez original. Savez-vous que vous commencez à m'amuser ?

— Je préférerais vous intéresser, mais c'est toujours mieux que rien.

— A présent, c'est assez, dit-elle en tentant de dégager son épaule prisonnière.

Mais la main qui l'enserrait à la façon d'une

tenaille ne ressemblait en rien à l'étreinte tiède de
Bruno, tout à l'heure. Elle s'énerva :

— Mais enfin, que voulez-vous ? Lâchez-moi ! Je
ne suis pas du tout le genre de fille à flirter. Je suis
fiancée !

— Seconde édition. Je finirai par le savoir, ou
alors je suis borné. Mais je vous croyais plus
affranchie. Quel mal y a-t-il à échanger quelques
idées avec un garçon bien sous tous les rapports et
qui n'a pas la moindre intention d'attenter à votre
vertu ? En vacances, tout est permis.

— Pas d'ennuyer les gens.

— Tiens, tout à l'heure, je vous amusais. Seriez-
vous du style girouette ?

— Ce que vous pouvez être exaspérant ! Vous
avez vraiment le chic pour irriter le monde.
Comment faites-vous ?

— Pas de recette. C'est un don naturel.

Elle eut du mal à retenir un sourire, attaqua sur
un autre front.

— Si je disais à tante Irène que vous m'embêtez,
je vous jure qu'elle trouverait un moyen radical
pour vous décourager.

— Je parie le contraire.

— Pari tenu. On voit bien que vous ne la
connaissez pas.

— Détrompez-vous, je la connais si bien qu'elle
ne jure que par moi.

— Vous bluffez ou quoi?

Interloquée, elle cherchait son regard.

— Mes paroles traduisent l'exacte vérité, mademoiselle Célia Danzigier. Pour votre tante, je suis un héros, genre superman, et sur un signe de moi, elle irait dérober le Régent au Louvre!

— Vous connaissez mon nom? Comment avez-vous fait pour séduire tante Irène?

— Deux questions à la fois, c'est beaucoup. Je résume : un hasard clément m'a permis de retrouver son petit chien perdu.

— Opaline perdue? Tante Irène a dû piquer une jaunisse!

— Presque. Mais grâce à moi, ce sombre drame s'est soldé par d'émouvantes retrouvailles.

— Chapeau!

Un petit silence. Pensive, Célia mordillait une mèche de cheveux qui voltigeait près de ses lèvres.

— Décidément, vous êtes un garçon bizarre. Peut-on savoir votre nom? Si vous en avez un, bien entendu. Avec vous, j'ai l'impression qu'on peut s'attendre à tout.

— Ce n'est pas un secret d'état. Ted Davis, pour vous servir.

Le bras avait consenti à quitter son épaule, mais elle ne songeait plus à en profiter. D'un ton différent, elle demanda :

— On vous a parlé de moi, hein?

— De vous et de votre frère Philippe. Je connais toute la famille. Votre père vous aime beaucoup, tous les deux.

— Pauvre papa.

Elle enroula la mèche mouillée autour de son doigt, remua la tête.

— Il s'imagine avoir une fille parfaite.

— C'est faux ?

— Evidemment. Mais il fait partie d'une autre génération. A propos, quel âge avez-vous ?

— Trente ans. Vous trouvez ça vieux ?

— En général, mes copains n'ont pas plus de vingt ans.

— Et ce cher Bruno ?

— Vingt-trois. Mais lui, c'est plus qu'un camarade.

— Le répétez-vous si souvent par crainte de l'oublier ? Pour vous en convaincre ?

— Cette fois, assez ri. Salut.

Il la retint par le bras. Sous ses doigts, la peau était tiède et douce, comme si elle avait conservé la caresse du soleil. Dans la pénombre, il détailla la jeune fille et une étrange colère l'envahit. La pensée de Larsenne venait de traverser son esprit.

— Pourquoi me regardez-vous comme si j'étais un épouvantail ?

— Justement parce que vous êtes tout le contraire.

— La seule phrase gentille que vous ayez dite. Mais je renonce à vous comprendre. Ai-je la permission de rentrer, m'sieur?

Il devina sa vague inquiétude sous le ton moqueur.

Soudain, une étoile filante raya le ciel.

— Avez-vous fait un vœu?

— Oui. Celui d'aller dormir.

— Vœu exaucé, accorda-t-il en la libérant.

Il entendit son pas hâtif, puis un silence, pendant lequel il la crut partie.

La main sur la porte vitrée, elle hésitait.

— Et vous? questionna-t-elle, sans se retourner. Quel était le vôtre?

— C'est un secret. Les vœux qu'on garde pour soi ont plus de chance de réussir.

Midi. Soleil de plomb. Une eau bleue criblée de têtes. Des cris joyeux. La virgule chancelante des « gondolis » et des pédalos.

C'est l'heure sacro-sainte du bain. Celle non moins importante du bronzage. La plage subit une véritable invasion. Cuisses à cuisses. On a du mal à se frayer un passage entre les corps exposés au dieu soleil.

La famille Danzigier est groupée sous un parasol

à franges. Paul Danzigier parcourt distraitement une revue. Irène, la peau luisante de crème solaire, des bigoudis sous sa charlotte de dentelle, est étendue sur le sable.

Près de Bruno, Célia regarde la mer, silencieuse. Ils se taisent souvent, ensemble. Un silence qui sonne creux. Où rien ne se tisse ni ne se rapproche. Aucune entente secrète. Le vide. Pourquoi, dans ce cas, accepte-t-elle de l'épouser ? Pas pour obéir à son père. C'est démodé. Non. Tout simplement, Bruno fait partie de son univers. L'univers des jeunes. Il correspond à une certaine idée qu'elle se fait de l'existence.

Le minuscule deux-pièces de Célia ne laissait rien ignorer de son anatomie. Corps mince et rond, plein de promesses. Peau d'ambre.

— On y va ? proposa laconiquement Bruno.

— O.K.

Légère, Célia se leva d'un bond, fila jusqu'à la mer proche. Bruno sur ses talons. Ils disparurent dans un bouillonnement d'écume, bientôt imités par Serge. Nathalie avait également droit aux plaisirs de la plage, mais n'en profitait pas. Après le bain d'Opaline, rite immuable, elle séchait le petit animal dans une serviette éponge, brossait ses longs poils avec une brosse douce. Son visage restait dur et fermé.

Quant à Philippe, il daignait rarement se joindre

au reste de la famille, même à l'heure du bain.
Grand, dégingandé, une frêle poitrine d'adolescent,
le jeune Danzigier abordait la période délicate de
l'âge ingrat. Quinze à seize ans. La charnière entre
l'enfant et l'adulte. Au fond, c'était un timide, mais
il préférait passer pour un cynique plutôt que pour
un niais. Henri Larsenne avait raison : il était mûr
pour les pires sottises.

— Où est Ted? questionna Irène, se retournant
pour offrir aux rayons l'autre face de son corps.

— Parti à la pêche aux oursins, lui répondit son
frère, sans abandonner sa lecture.

— Quel garçon exquis! Je l'adore littéralement!

Sa voix aiguë portait loin. Aucun voisin du
parasol n'ignora plus rien de ses sentiments.

— Oui, bien sûr, approuva distraitement Danzigier, je sens en lui un esprit cultivé.

— Il est parfait! trancha Irène avec feu. Distingué, intelligent, beaucoup de charme, de la classe,
enfin. Ah! Si Philippe pouvait lui ressembler...

— Ma chère amie, tu oublies que Philippe n'a
que seize ans.

— Ce n'est pas une excuse, au contraire. Si
seulement tu avais une poigne plus ferme. Une
autorité.

— A la rentrée, nous verrons.

Agacé, Danzigier abandonna son journal.

— Tiens, je préfère aller me tremper plutôt que

de supporter tes incessants reproches, à tout propos et hors de propos! Tu as le chic pour gâcher ma tranquillité.

Ruisselants, Célia et Bruno vinrent s'abattre sur le sable chaud, presque brûlant. Célia se baignait toujours sans bonnet. Brunis par l'eau, ses longs cheveux coulaient de chaque côté de son visage triangulaire, comme des algues. Mouillés, les cils, plus sombres, donnaient un lumineux relief aux prunelles bleu marine.

— On est bien, décréta-t-elle, la tête enfouie dans ses bras repliés.

Bientôt, sur son dos déjà sec, elle sentit une pluie de gouttelettes.

— Ah non! protesta-t-elle, furieuse, en se redressant à demi. Quel est le crétin qui...

— Qui voulez-vous que ce soit, à part moi?

Debout, Ted riait d'un air satisfait, un couteau à manche court à la main, le masque de plongée en bandoulière.

— Ne froncez pas le nez, vous allez avoir des rides précoces. Dépliez votre front et admirez plutôt ma pêche : deux douzaines d'oursins du plus beau violet. Les meilleurs!

— Je n'aime pas les oursins.

— Etonnant, car vous avez avec eux des points communs.

Haussant les épaules, Célia se réfugia dans un

silence boudeur. Ted la déroutait totalement. Elle suspectait en lui un côté mystérieux, presque inquiétant, qu'elle ne parvenait pas à cerner. Sans cesse, il la provoquait, s'obstinait à la rencontrer, à entamer la conversation alors qu'elle n'en avait pas envie. En bref, il possédait le caractère le plus agaçant du monde. « Jamais rencontré garçon pareil ! »

Toute la famille, à part elle, naturellement, ne jurait que par lui. Tante Irène était la plus conquise.

Célia se faisait des tas de réflexions au sujet de Ted. Il y avait aussi le cas Bruno. Ted s'était pris d'une vive amitié pour le fiancé de Célia. Tout d'abord, elle en avait été satisfaite. Mais, peu à peu, Ted avait trouvé moyen d'accaparer Bruno, si bien que Célia ne le voyait presque plus. Juste pour le bain. Hier, par exemple, Ted avait rencontré — ou guetté, soupçonnait Célia — Bruno, au moment où il quittait la belle villa de ses parents, située sur les hauteurs.

— Viens avec moi. Je t'emmène faire une petite virée au Lavandou.

— C'est que...

La timide protestation de Bruno avait été étouffée par une bourrade familière.

— Il ne faut pas toujours penser aux filles.

La promenade s'était prolongée la journée entière.

Etait-ce exprès qu'il la rendait enragée? Pourtant, Célia ignorait la jalousie. C'était autre chose. La veille, elle n'avait pu se contrôler et avait éclaté en aigres reproches. Bruno avait ri, l'air supérieur.

— Ted est un type formidable!

— Vous auriez pu m'emmener avec vous!

— On est parfois mieux entre hommes. Laisse-moi enterrer ma vie de garçon, comme on dit, avait répondu Bruno.

Vexée, Célia n'avait pas insisté, mais elle ruminait une revanche. Ted lui paierait au centuple ces petites humiliations. Les incartades de Bruno la laissaient froides. C'était son amour-propre qui saignait.

« Il ne perd rien pour attendre... »

Elle avait fermé les yeux, pour mieux cuver sa rage. La voix de Ted la tira de sa rêverie.

— Viens, Bruno. J'ai repéré un rocher couvert d'oursins. A nous deux, nous allons faire un malheur. Tous les clients du Bailli en profiteront!

— D'accord, dit Bruno en se levant avec empressement.

Incapable de se dominer, Célia s'interposa.

— Non! Reste!

Jamais elle n'avait employé envers lui ce ton autoritaire. Dérouté, Bruno hésita.

— Qu'est-ce qui te prend? Tu plaisantes, ou quoi?

— Il me prend que je veux que tu restes avec moi!

Bruno allait céder, quand il rencontra le regard ironique de son compagnon. Un réflexe de vanité masculine emporta sa décision.

— Zut, après tout! Tu deviens impossible, depuis quelque temps.

— Mais non, s'interposa Ted d'un ton faussement conciliateur qui électrisa la jeune fille. Caprice de femme. Il faut bien t'y habituer, mon vieux. Reste, j'irai seul.

— Pas question! Une fille ne me mènera jamais par le bout du nez!

— Il n'y a aucun mal à pêcher des oursins, soupira angéliquement Ted, en évitant le regard bleu chargé d'éclairs.

— Tu seras bien contente de te régaler, dit Bruno en amorçant un geste de réconciliation.

Mais Célia recula comme si elle se brûlait. A travers un brouillard de larmes, elle les vit nager ensemble vers le rocher. En cet instant, elle les associait dans la même rancune.

« Ils me le paieront! »

La rébellion grondait. Elle ne savait plus très bien si ses menaces s'adressaient à Ted ou à Bruno.

Elle commençerait par Bruno, tellement Ted lui paraissait invulnérable.

\*\*\*

A même la plage, le « Tropicana » est un établissement comme il en existe partout sur la Côte d'Azur. Faune mêlée. Danses aux rythmes frénétiques. Tenue négligée de rigueur.

L'ambiance est classique. Un toit bas comme celui d'une hutte sauvage abrite des chaises et des bancs de bois grossier, fort incommodes.Au fond, un petit bar est surmonté d'un auvent en latte de bambou derrière lequel s'agite un jeune barman. Le sol est en terre battue, nivelé au centre pour figurer une piste étroite. Quant à l'éclairage, il est constitué par des lanternes de pêcheur ficelées à des piliers, dont les parois de verre teinté diffusent une clarté d'aquarium.

Philippe Danzigier, en fidèle habitué des lieux, nonchalamment accoudé au bar, semblait attendre quelqu'un. Malgré son attitude apparemment décontractée, il ne pouvait s'empêcher de tressaillir à chaque arrivée, lançait des regards anxieux autour de lui. Que craignait-il?

Dédaignant la chaleur, il portait un shetland étriqué, le jean-uniforme au bas effrangé, des espadrilles.

Fixité du regard, parfois, quand il l'attardait sur
le barman. Jeu nerveux des doigts, tic des lèvres.
Le jeune Philippe était en proie au trac des
débutants.

D'un geste machinal, il essuya la sueur qui
perlait à son front. Il avait de plus en plus de mal à
simuler une impassibilité qu'il était fort loin
d'éprouver. Et puis ce n'était pas encore la grande
influence. On dîne tard en été. Philippe avait
l'impression que tous les regards convergeaient vers
lui, ce qui était évidemment faux.

Soudain, il éprouva une vive contrariété. Un
homme venait de pénétrer dans la petite salle
enfumée, baissant sa haute taille pour en franchir le
seuil.

« Encore lui ! » maugréa Philippe entre ses dents.

Philippe ne partageait pas l'engouement de ses
parents pour Ted Davis. Particulièrement ce soir, il
n'était pas le bienvenu. Et toujours à se fourrer
dans ses pattes ! Ce n'était pourtant pas le moment !

Raidi, hérissé, il attendit. Mais ce qu'il redoutait
ne se produisit pas. Au lieu de se diriger vers lui et
de s'installer sans façon à son côté, l'arrivant se
contenta de lui faire un petit signe de la main et
Philippe s'efforça d'oublier l'intrus.

« Surtout, ne pas se faire remarquer... »

L'électrophone crachait du jerk à tout va.
Quelques jeunes gens se trémoussaient en cadence

sur la piste. Philippe consulta furtivement l'heure. Puis, d'un air indécis, il regarda le barman qui manipulait des verres avec dextérité derrière son comptoir de paille.

Comme on se jette à l'eau, il se décida.

« Hum ! Hum ! »

Onomatopée, autant pour s'éclaircir la voix que pour attirer discrètement l'attention du garçon.

L'autre abandonna ses verres.

— Vous désirez ?

Sous le regard direct, celui de Philippe vacilla. D'une voix mal assurée, il commanda :

— Un mazout.

C'était un cocktail à la mode, déjà dépassé d'ailleurs. Sans sourciller, d'un trait, parce qu'il détestait ça, Philippe avala le mélange de coca et de whisky. Le whisky dominait.

La boisson l'étourdit légèrement, lui communiquant une assurance factice. C'était le moment propice pour poser sa question, remplir la mission dont il était chargé.

— Tu as la « came » ?

Cela faisait très gangster américain. Très dans le vent. Il avait lu et entendu cette phrase bien souvent. Et, subitement, il entra dans la peau du personnage, eut l'impression de jouer un rôle. Au fond, c'était passionnant.

Les paupières de l'interpellé cillèrent en signe

d'acquiescement. Il se rapprocha, fit mine d'examiner un verre par transparence. Son autre main plongea dans sa poche, en ressortit. Le cœur de Philippe battait la chamade. Il avait compris. Négligemment, il posa à son tour une main sur le comptoir, à la rencontre de l'autre. Ses doigts se crispèrent sur l'enveloppe qu'on venait de lui glisser.

Avec la même lenteur calculée, il ratissa sa proie. La mystérieuse enveloppe venait de changer de possesseur.

La sueur poissait son visage. Il essaya de se persuader qu'il venait d'accomplir un acte héroïque, extraordinaire, qui le plaçait dans le rang des aventuriers. Les aventuriers sont des gars en marge de la société, ne reculant devant rien. Aucune fille ne leur résiste. Leur auréole brille sur tous .les écrans et dans tous les livres.

Personne n'avait rien remarqué. Il commençait à récupérer son sang-froid quand une voix, près de son oreille, le fit sursauter comme le son d'un gong.

Celle de Ted, qu'il n'avait pas vu s'approcher.

— Alors, Phil, tu m'offres un verre?

« Quel raseur! Célia a bien raison de prétendre qu'il est pire que la glu! »

Philippe était moins pressé, moins nerveux. La première partie du programme s'étant déroulée sans anicroches, il augurait favorablement de la seconde. Et puis, il n'avait rendez-vous qu'à minuit. Suffisamment de temps devant lui pour décourager cet enquiquineur.

— D'accord. Tu prends quoi?

Ted renifla le verre vide de son compagnon d'un air dégoûté.

— Comment appelles-tu ce machin-là?

— Un mazout. Coca plus whisky.

Ted eut une moue comique.

— Je préfère un scotch pur.

Ils trinquèrent. Ted portait un pantalon de toile, une chemise rose. Moderne. Pas débraillé. Un âge intermédiaire. Pour Philippe, c'était déjà un « vieux ». Ses yeux avaient une clarté gênante. Pour y échapper, Philippe détournait fréquemment la tête. Ces yeux-là semblaient transpercer, deviner les pensées secrètes.

— Tu as du feu?

Avant que Philippe ait pu répondre ou esquisser un geste, les mains fureteuses de Ted, très sans-gêne, tâtaient les poches du jean, à la recherche du briquet ou des allumettes.

Philippe se déroba, d'un recul de chat échaudé.

— Non, demande au barman!

Il avait fini par le tutoyer. Seule, Célia échappait à la règle. Pourquoi?

« Certainement pas parce qu'il m'intimide! Mais

il fait partie des croulants » avait-elle sèchement répondu à sa question.

La cigarette intacte aux lèvres, Ted hocha la tête en souriant.

— Réflexion faite, je fume trop. Pas de cigarette !

Un petit silence, que Philippe employa à faire tinter son verre avec l'ongle.

— Dis-moi, Phil, où est Célia, ce soir ?

Geste d'indifférence.

— Avec Bruno, je suppose.

— Non. Je ne sais pas où elle est, mais je sais où elle n'est pas. Elle est partie bien avant qu'il n'arrive à l'hôtel. Il paraissait dépité.

Air angélique :

— Seraient-ils en froid ?

D'un mouvement des épaules, Philippe fit comprendre qu'il se souciait comme d'une guigne des amours de sa sœur. Dieu merci, il avait d'autres soucis en tête.

Un bref coup d'œil à sa montre. Le temps filait avec une déconcertante rapidité. Ce raseur n'allait pas s'incruster, tout de même ? Philippe répondait par onomatopées à ses questions. Mais l'autre ne se décourageait pas.

— Les études ? Où en es-tu ? Bientôt le bac ?

Le moyen de l'envoyer promener ? Philippe se serait volontiers emporté, les nerfs à vif, mais ce n'était pas le moment de se signaler à l'attention des autres.

Il se résigna donc à prendre son mal en patience.

« Ces types-là ne se rendent pas compte. On devrait trucider tous les gêneurs. »

Ted s'interrompit brusquement au milieu d'une phrase, se tapa comiquement le front.

— Un coup de fil urgent à donner ! Excuse-moi, Phil.

Philippe étouffa un soupir de soulagement. Bon débarras !

Au passage, d'un geste gamin et avec une habileté de prestidigitateur, Ted happa un sachet de sucre en poudre sur le comptoir.

— Le téléphone ?

Du pouce, le barman lui indiqua l'emplacement. L'appareil se nichait derrière une mince cloison.

A présent, l'heure n'avançait plus et Philippe ne tenait pas en place. Il n'avait qu'une hâte. Une idée fixe : accomplir la mission dont il était chargé. Plus encore : se débarrasser du petit paquet remis par le barman et qu'il avait glissé dans sa poche. Mais « pas avant minuit ». C'était la consigne. Oui, tout à l'heure le temps passait trop vite, et maintenant il semblait figé. C'était donc cela, le piment du risque ? La délectable sensation espérée ? Il ne l'avait pas imaginée aussi amère. La peur, c'est surtout palpitant dans les westerns. Gorge nouée, il n'avait même plus envie de commander un autre verre. Pourtant, les héros boivent sec.

Devant le téléphone, Ted composa le numéro et mit sa main sur sa bouche, pour déformer le son de sa voix.

— Allô? Police? Venez immédiatement au Tropicana, vous savez, le petit cabaret qui se trouve sur la plage du Canadel? On y fait du trafic de drogue. Oui, de la cocaïne. Un jeune homme, au bar, en porte un sachet sur lui. J'en suis sûr. Je l'ai vu le glisser dans la poche arrière de son jean. Vous pourriez peut-être, avec un peu de pot, remonter la filière et coincer toute la bande? Non, non, ce n'est pas une blague. Très sérieux, au contraire. Qui je suis? Ben voyons... un gars qui aime rendre service aux flics!

Après ce coup de fil, Ted se livra à une délicate besogne. Une sorte de transfert. La pensée de Larsenne vint le visiter. Un sourire ironique flâna sur sa bouche. Il s'était juré de dépasser le maître. De se montrer le plus fort. Larsenne était un adversaire digne de lui. Lequel des deux asservirait l'autre?

L'air dégagé, il revint dans la petite salle enfumée.

— Cette fois, c'est ma tournée, dit-il en abattant une main dure sur l'épaule flexible de Philippe.

En vérité, Philippe avait suffisamment bu. Le

mazout lui tournait la tête et lui pesait sur l'estomac. La bourrade de son compagnon le fit sursauter, encore plus le rire qui l'accompagnait.

— J'ai besoin d'un verre d'eau.

— Moi, je tiens mieux le coup. Barman, un whisky bien tassé !

Puis, passant à un autre sujet, sans transition :

— Il est rudement bien, ce jean. Coupe impeccable. Quelle marque ?

Avant que Philippe ait pu l'en empêcher, Ted retourna la ceinture de toile, dans le dos, fit entendre un sifflement.

— Je la retiens. La forme est très chouette.

Vraiment, Philippe avait autre chose à penser qu'à la marque de son pantalon ! Ce type était pire qu'un raseur. Un indiscret, un peu cinglé sur les bords. Qu'avait donc tante Irène à le porter aux nues ?

Au fur et à mesure que l'instant fatidique approchait, Philippe sentait la panique le gagner. Ses nerfs allaient-ils flancher ?

A son côté, Ted monologuait. Même sujet.

— J'ai noté. Mais je suis peut-être un peu trop grand pour adopter ce modèle ? Pas d'ourlet, note, c'est pratique. On coupe, on effrange...

Ted brodait tout un roman sur ces futiles considérations. Il était à tuer !

Minuit moins vingt. Ouf ! C'était pour bientôt.

Philippe, superstitieusement, tâta sa poche, y trouva le relief léger de l'enveloppe. Avait-il espéré qu'elle se volatiliserait?

Moins le quart. L'angoisse l'assaillit. Il eut envie de renoncer, de fuir en courant le Tropicana et ses abords. Mais que diraient les autres? Non, il ne se dégonflerait pas.

Moins dix. Il glissa une fesse hors de son tabouret. Le moment était venu. Par chance, son compagnon, plongé dans l'absorbtion de son scotch, semblait se désintéresser de lui. Pas besoin d'inventer un prétexte pour s'esquiver.

« Allons-y. »

A l'instant précis où il formulait cet encouragement intérieur, quatre hommes pénétrèrent dans l'établissement. Pas du tout le genre de clientèle qui hantait le Tropicana. Ces quatre hommes-là, avec leur allure, leurs vêtements, n'étaient même pas des estivants. Les pires craintes de Philippe ne tardèrent pas à se concrétiser.

— Police, dit l'un d'eux en s'avançant, encadré de deux collègues, pendant que le dernier restait en faction devant la porte.

Pas moyen de sortir. Si quelqu'un avait des choses à se reprocher, il se trouvait coincé dans la souricière.

Le policier avait exhibé sa médaille, devant le barman médusé.

Police! Le mot avait frappé Philippe comme une pierre. Sous son hâle, il était devenu livide. Des images de prison flottaient dans sa tête. Il se sentit perdu. Après tout, il n'avait que seize ans. L'âge de jouer au dur sans en avoir la charpente.

Inconsciemment, il se tourna vers son compagnon. Malgré sa fâcheuse habitude de se mêler de tout, Ted n'en constituait pas moins une espèce de garde-fou. D'abord, il était plus âgé. Aussi, sans que Philippe veuille se l'avouer, il subissait son ascendant. De Ted émanait une force tranquille, presque dure, mais, en l'occurrence, rassurante. Le seul crampon où Philippe pouvait s'agripper. Hélas! Pour une fois qu'on avait besoin de lui, Ted semblait se désintéresser complètement des autres et spécialement de Philippe. Détendu, il sirotait son verre, les yeux lointains.

Alors, le jeune homme s'abandonna à la fatalité. Des larmes de regret piquèrent ses paupières. Trop tard. Un regard méfiant l'enveloppa. On se dirigea vers lui. Ce type n'avait pas l'air commode, avec sa carrure de catcheur.

— Vous permettez?

Sans attendre d'ailleurs cette permission, le geste suivit la question. Deux larges mains palpèrent sans douceur les poches du jean. Un coin de l'enveloppe dépassait. Rapidement, les mains la repérèrent, l'extirpèrent avec dextérité.

Triomphalement, l'inspecteur la brandit sous le nez du garçon.

— On peut voir ?

— Mais...

D'un coup d'ongle, le policier ouvrit l'enveloppe, eut un ricanement.

« Ces petits imbéciles qui ruinent leur santé ! Il faut faire un exemple ! Celui-là va trinquer pour les autres ! »

Il renifla la fine poudre blanche contenue dans l'enveloppe. Puis son regard sévère se planta sur le visage décomposé de Philippe.

— C'est quoi, à ton avis ? ironisa-t-il.

— Je... je ne sais pas.

Stupide réponse. Où étaient les hauts faits de bravoure, le proverbe sang-froid des anti-héros ? Philippe perdait complètement la tête.

— Hé bien, moi, je vais te l'apprendre ! C'est de la cocaïne, et tu vas me dire tout de suite qui te l'a fournie et à qui tu la destinais !

— Je... je ne sais pas.

C'était tout ce qui sortait de sa gorge nouée.

— Je possède des méthodes infaillibles pour faire parler les muets, figure-toi.

Les trois hommes avaient échangé un regard satisfait. A partir de ce premier maillon, la chaîne serait facile à reconstituer. En matière de drogue, il faut toujours remonter la filière jusqu'au cerveau qui manigance le trafic. Ce gosse, il fallait lui faire peur, lui donner une leçon!

Soudain, le policier pris d'un doute, mouilla son index, le trempa dans la poudre et le porta à sa bouche. Instantanément, il changea d'expression : stupeur et contrariété remplacèrent la sévérité.

— Mais c'est du sucre en poudre!

Son regard direct disséqua Philippe.

— C'est toi qui nous as joué cette farce idiote?

Philippe se tut. Ses idées s'embrouillaient. Il n'y comprenait plus rien. Un miracle? Hum! C'était plutôt le barman qui s'était trompé, ou bien qui avait voulu doubler ses complices. Qu'importait? Le principal, c'était d'être délivré de ce poids d'angoisse qui bloquait ses côtes.

— Non, dit-il avec un calme retrouvé, ce n'est pas moi. Plus exactement, ce n'est pas une farce. J'ai toujours un peu de sucre en réserve pour prendre un médicament.

— Vous ne pouviez pas le dire plus tôt! ronchonna l'inspecteur en lui redonnant du « vous ».

Les deux autres aussi ronchonnaient.

— Si je tenais celui qui nous a téléphoné! Je lui ferais payer cher ce canular!

Mais comment reconnaître une voix? Comment savoir de qui émanait l'appel?

Les trois hommes se consultèrent du regard.

— Chou blanc. On laisse tomber. Ce sera pour une autre fois.

Pour ne pas paraître ridicules, ils prenaient le parti de sourire.

— Ces jeunes, ça n'a pas deux grains de sérieux dans la cervelle, mais au fond...

Ils devaient être pères de famille. Celui qui avait fouillé Philippe lui tendit l'enveloppe.

— Tenez, pour sucrer le café au lait. Il n'y a pas de petites économies.

Voilà. Terminé. Ils étaient partis. Indécis sur la conduite à tenir, Philippe se tourna vers le barman. Il aurait bien voulu démêler cette énigme. D'autant plus que les autres devaient s'impatienter, si courte qu'ait été la séquence policière. Que leur dire? Philippe frissonna, repris par une autre crainte. Si on n'allait pas le croire? Si on allait l'accuser? Lui faire payer sa trahison présumée? Il se remémorait de sanglants règlements de comptes entre complices.

Un bras s'interposa.

— Viens!

C'était proféré avec une telle autorité que Philippe ne songea même pas à protester. Le ton énergique le tonifiait. Il éprouva un besoin éperdu de se sentir guidé, protégé.

Subjugué, il obéit à Ted. Ils sortirent. Derrière eux, la trépidante musique, un instant stoppée, avait repris. Sur la piste, on s'agitait. Tout était oublié.

Dehors, Ted questionna, d'une voix dure qui ressemblait à son regard :

— Où avais-tu rendez-vous pour livrer la marchandise ?

— Co... comment as-tu deviné ?

Il en bégayait.

— C'est mon affaire. Maintenant, des détails. Des noms.

Philippe balança. Il se remémorait des passages de films où les types se font tuer plutôt que de « se mettre à table ». Mais l'enjeu était trop grave. Philippe avait trop tremblé. Il était vaincu.

Du doigt, il désigna un rocher.

— Je devais les retrouver à minuit, dans cette crique, pour leur remettre l'enveloppe.

— Leurs noms ?

— Je l'ignore. Je faisais juste l'intermédiaire. Je ne les connaissais que de vue. Rencontrés au bar...

— Et combien étais-tu payé pour ce petit service ?

Dans l'ombre, Philippe s'empourpra.

— Ce n'était pas pour de l'argent !

— Bien sûr, espèce de petit imbécile, ce n'était pas pour de l'argent ! Simplement pour la gloire, hein ? Si au moins tu avais crevé de faim ! A la rigueur, un ype à la dérive peut avoir des excuses ! Pas toi !

Devant cette explosion, Philippe courbait la tête.
Ted domina sa colère.

— Sais-tu bien ce que tu risquais, à ce petit
jeu?

Un gosse grondé, qui ne sait plus où se fourrer.

— Petit imbécile, répéta Ted, sur un ton déjà
moins sévère. Les risques, on les prend pour sauver
les autres, pas pour les perdre.

Philippe ne trouvait toujours rien à répondre.
Aucune excuse valable. Car il savait que Ted avait
raison.

— Que se serait-il passé, si je n'avais pas
échangé le contenu de l'enveloppe contre du sucre
en poudre? demanda doucement Ted.

Là, le garçon fut stupéfié. Le tour de passe-passe
s'expliquait.

— Je... je pense que je dois te remercier,
balbutia-t-il avec effort.

L'autre sourit.

— Avant de le faire, il faut que tu saches que
c'est moi qui ai téléphoné à la police.

La stupeur de Philippe redoubla. Avec ce diable
de Ted, il fallait s'attendre à tout!

— Mais pourquoi?

— Pour te donner une leçon. Te faire toucher la
peur du doigt. Un conseil n'aurait pas suffi. Tu ne
m'aurais ni cru ni écouté. Dans ce domaine, rien ne

vaut l'expérience. A présent, je pense que tu as compris.

Un silence. Que répondre à tant de vérités ? La nuit les enveloppait. Une nuit splendide, criblée d'étoiles. La mer chantonnait à fleur de sable.

Machinalement, Ted leva les yeux, à la recherche de Vega de la Lyre. Un souvenir doux l'effleura. Laisserait-il Célia épouser Bruno ? Non. Il faisait tout pour les séparer.

« Où est-elle allée, ce soir ? Sans doute s'est-elle réconciliée avec Bruno... »

Un désagréable pincement au cœur, qu'il s'efforça de chasser.

— A quelle heure, déjà, ce rendez-vous ?

— Minuit. Ils sont en retard. On ne voit rien. Ils ne sont pas là.

— Ou bien repartis, ne te voyant pas et flairant un truc louche.

— Je ne sais pas.

— Je vais contourner la crique. S'ils y sont, ils doivent s'impatienter. Reste là, sans bouger.

— Ted, laisse-moi t'accompagner.

— Pas question.

— Il y a peut-être du danger, insista Philippe. Je les crois capables de tout.

— Non, Philippe. Merci pour l'intention, mais je préfère y aller seul. Moi, j'ai l'habitude de la bagarre. Tu es trop jeune.

Trop jeune... Quelques minutes plus tôt, Philippe aurait pris cela pour un affront. Maintenant, il éprouvait la sensation d'être conseillé par un ami. Un grand frère.

Sa voix s'altéra :

— Pourquoi fais-tu ça pour moi? demanda-t-il brusquement.

Ted eut un étrange sourire, dont on n'aurait pu dire s'il était tendre ou cruel. Ses yeux brillèrent.

— Pour mettre le diable en échec! dit-il d'un ton dur. C'est mon adversaire. Et il est très fort. Je veux le vaincre!

Puis il s'éloigna à grands pas, après un dernier conseil qui, dans sa bouche, prenait la rigueur d'un ordre :

— Rentre immédiatement au Bailli, et surtout, ne parle de cela à personne!

— Allô? C'est vous, Larsenne? Ici Ted Davis. Comme convenu, je vous tiens au courant. Non, rassurez-vous, aucun risque d'être entendu. Je suis seul. Entre parenthèses, vous avez bien fait les choses en m'offrant ces vacances. Un vrai palace. Vous dites?

— ...

— Mais oui, j'ai réussi. Toute la famille ne jure

plus que par moi. Des résultats positifs ? Ne vous emballez pas, Larsenne. Je ne suis pas sorcier, tout de même. Encore rien de solide. Il faut du temps. Je plante les jalons. Les vacances vont finir et ils rentrent à la fin du mois. Bien entendu, nous reprendrons nos relations à Paris. Quoi encore ?

La main sur l'écouteur, Ted laissa passer l'orage, c'est-à-dire les questions précises en forme de reproche. Au vol, il happa le dernier mot.

— Le jeune Danzigier ? Pour celui-là, désolé, mais je crois que vous vous êtes complètement trompé sur son compte. Echec sur toute la ligne, malgré plusieurs tentatives de corruption. C'est un gosse, un peu gauche, renfermé, mais le fond est bon. Rien à voir avec la graine de voyou qui pullule dans les parages. Et je m'y connais !

De nouveau, il écarta son oreille de l'écouteur.

— Ne criez pas, Larsenne. Inutile de me répéter que vous n'avez pas l'habitude de payer les gens pour ne rien faire ! Je m'en doute, figurez-vous ! Je vais vous calmer en vous annonçant une meilleure nouvelle.

Le visage de Ted s'était durci. D'une voix différente, il reprit :

— Pour la sœur, c'est plus facile. Ce petit Bruno n'est pas un rival bien dangereux. Ils ne s'aiment pas, j'en mettrais ma main au feu ! Et ce mariage ne se fera pas, je vous en réponds !

La main s'était crispée sur le récepteur.

— D'accord, je suis prudent. Sitôt rentré à Paris, nous reprenons contact. Je vous téléphonerai. Bonsoir.

Ted raccrocha, massa pensivement son poing endolori, fit nerveusement quelques pas dans sa luxueuse chambre face à la mer, puis se planta devant le miroir pour s'examiner d'un œil critique.

Une ecchymose bleuissait sa lèvre inférieure. La paupière gauche était enflée. Ouvrant la bouche, il tapota ses dents, satisfait de constater qu'elles étaient intactes. Ses adversaires ne pouvaient certainement pas en dire autant!

« Bah! Une bonne correction n'a jamais fait de mal à personne! »

L'inconvénient, c'est qu'ils étaient trois.

« Si vous recommencez ce petit jeu, je vous dénonce à la police! Compris? » leur avait-il dit.

En vertu du principe qu'il faut toujours accorder une chance à quelqu'un. L'attitude penaude des trois lascars l'avait renseigné.

Il consulta l'heure.

« Plus le temps d'aller à la plage. Je vais les attendre au bar. »

Dans le couloir, il trébucha sur une petite boule blanche qui jappait en levant sur lui une truffe rose et deux yeux luisants sous une frange de poils.

Il se baissa.

— Bonjour, Opaline. Où est ta nurse?

Il rit quand la langue rose de la petite chienne lui caressa la joue.

— Si tante Irène t'aperçoit toute seule dans ce couloir, elle grondera encore Nathalie. Il faut que je la trouve.

Opaline affectueusement blottie contre sa poitrine, dédaignant l'ascenseur, il dévala allègrement l'escalier.

Célia fut la première personne qu'il aperçut. Assise au bar, juchée sur un haut tabouret, elle fumait, le regard songeur, ses jambes nues croisées haut. La cape blondie de sa chevelure lui enveloppait les joues.

— Bonjour, dit-il d'un ton léger en s'approchant.

— Bonjour, répondit-elle du bout des lèvres, l'air maussade.

— Vous avez déserté la plage avant les autres? Dois-je en conclure que ma compagnie vous manquait? Un seul être vous manque...

Sans le regarder, elle haussa les épaules.

— Je n'avais même pas remarqué votre absence.

— Trop aimable, mais je n'en crois rien. A défaut d'autres qualités, on m'accorde en général une certaine personnalité. Je n'ai pas l'habitude de passer inaperçu.

— Une personnalité envahissante, c'est vrai.

Elle décroisa ses jambes, se décida à tourner la tête, poussa une exclamation.

— Vous vous êtes battu ou c'est un accident?

— Une petite bagarre de rien du tout, cette nuit. Juste pour me dégourdir les poings.

Le regard bleu examinait le visage tuméfié avec une expression incertaine.

— C'est sans doute votre mauvais caractère qui vous a valu cette correction?

— Rassurez-vous, âme charitable. Mes adversaires sont beaucoup plus mal en point que moi. J'ai le cuir dur.

— Pourquoi cette bagarre? A propos d'une fille?

Elle lui coulait un œil en biais, guettant sa réaction sans en avoir l'air. Il ne répondit pas, gratta l'oreille d'Opaline qui remua la queue en signe de contentement.

— Vous réservez vos gentillesses à Opaline, constata Célia sans insister. Est-ce pour flatter tante Irène? Dans ce cas, ce serait de l'hypocrisie.

— Quels vilains sentiments vous me prêtez!

— Oserez-vous soutenir que vous ne cherchez pas à vous imposer par tous les moyens?

Il considéra longuement le profil délicat, ciselé de lumière, qui se penchait sur la paille de son orangeade.

— Vous êtes agressive, ce matin. A mon tour de vous demander : que vous est-il arrivé?

D'un geste brusque, elle rejeta sa chevelure en arrière, le fixa avec une vague rancune.

— Je me suis disputée avec Bruno, avoua-t-elle.

— Navré. Si je peux faire quelque chose...

Un sursaut d'indignation faillit la faire tomber du tabouret.

— Surtout pas! Vous avez déjà suffisamment fait comme ça! Ne vous en mêlez plus!

— Qu'insinuez-vous? Je ne comprends rien.

L'air innocent de Ted acheva de l'exaspérer. Ses yeux brillèrent de colère.

— Bruno ne jure plus que par vous! Je lui ai moi-même conseillé d'épouser la femme que vous lui choisirez!

— Oh! Oh! Jalouse?

Sous son hâle léger, elle s'empourpra.

— Pas du tout! Jalouse, moi? Et de qui donc? Vous dites des choses ridicules! Je crois bien que je vous déteste!

Elle retenait avec peine des larmes de rage.

— Célia...

Etonnée par cette douceur nouvelle, elle le considéra avec méfiance. Qu'avait-il encore inventé pour la faire sortir de ses gonds? Jamais, au grand jamais, être humain ne l'avait autant irritée. Chez

Ted, c'était du grand art. On aurait juré qu'il le faisait exprès. Mais dans quel but?

Elle penchait la tête. La longue main masculine souleva une mèche de cheveux, comme un rideau blond.

— Célia... Vous êtes la seule personne de la famille à ne pas m'accorder votre amitié. Pourquoi?

— Vous m'agacez. Je n'y peux rien. C'est de l'allergie.

Il se mit à rire.

— Voilà au moins, une déclaration qui a le mérite d'être franche! Pouvez-vous m'exprimer clairement les raisons de cette irritation?

— Non, je ne le peux pas! Loin de vous, je prends de bonnes résolutions. Mais dès que je vous vois... Entre nous, il y a comme un courant électrique. J'ai toujours envie de soutenir le contraire de ce que vous dites, de me défendre comme si j'étais attaquée! Vous possédez une sorte de génie particulier, car habituellement j'ai plutôt bon caractère. Il n'y a que vous pour m'énerver comme ça.

— C'est toujours une supériorité que j'ai sur les autres. Maintenant, si nous reparlions de votre problème, c'est-à-dire de Bruno?

— Ne vous en mêlez pas!

— Dommage. J'avais un excellent conseil à vous

donner. Il réussit toujours, tout en étant vieux comme le monde.

— Donnez-le-moi, vous en grillez d'envie. Je suis libre de ne pas le suivre.

— Rendez-le jaloux à votre tour.

— Puisque je vous dis que je ne suis pas jalouse !

— Entendu. Appelons ce sentiment amour-propre. C'est cousin germain. Disons que vous êtes vexée que Bruno vous néglige, et c'est un sentiment bien féminin. Vous seriez ravie de prendre une revanche, de lui donner une leçon. Exact ?

— Exact, admit-elle du bout des lèvres, intéressée mais désirant ne pas en avoir l'air.

— Nous en revenons à notre recette, la même dans les deux cas : rendre Bruno jaloux.

Elle haussa les épaules.

— Avec qui ? Tous les garçons m'agacent.

— Je n'ai donc pas l'exclusivité.

— Vous davantage que les autres. Dans ce domaine, vous êtes absolument imbattable.

L'air méditatif, il se caressa le menton.

— Avec qui le rendre jaloux ? La réponse est simple. Vous savez que je suis le dévouement en personne. Avec moi, Célia. Je vous invite à dîner ce soir.

Le nuage qui enlaidissait le joli visage boudeur s'évapora. Célia éclata de rire.

— Avec vous, Ted ? Mais c'est du plus haut

comique! Vous croyez sérieusement que Bruno
pourrait voir en vous un rival?

— Pourquoi pas? Suis-je un monstre préhistori-
que? Un centenaire?

Le rire avait creusé des fossettes de chaque côté
de la bouche ronde. Malicieusement, elle l'examina.

— Après tout, en effet, pourquoi pas? Ce n'est
pas si bête, votre proposition. C'est même très
chouette.

— Alors, vous acceptez?

— O.K. Bruno sera furieux! Ce sera bien fait
pour lui! D'autant plus qu'il ne vous aura pas
comme dérivatif! Je joue sur les deux tableaux, en
somme.

La perspective de cette revanche faisait étinceler
ses yeux.

— Vous êtes mille fois plus jolie quand vous ne
ressemblez pas à une petite chatte en colère,
observa-t-il.

— C'est votre faute, vous vous ingéniez à me
contrarier.

— Ce soir, exceptionnellement, j'essayerai d'être
un agréable compagnon.

— Hum! Ce sera dur.

— Je possède des dons cachés. Vous me verrez à
l'œuvre.

— Vous m'emmènerez dans une boîte extra,

hein? On dansera toute la nuit. Et Bruno le saura!
J'en suis ravie!

— J'aurais préféré que votre joie vienne de notre
sortie, et non de la perspective de faire enrager
Bruno, mais il faut bien se contenter de ce qu'on a.

Un petit silence. Brusquement, Ted interrogea.

— L'aimez-vous?

— Qui? Bruno? Quelle sotte question! Bien sûr.
Pourquoi me marier avec lui, sinon?

— Pour des tas de raisons étrangères à l'amour.

— Lesquelles?

— Vous êtes si jeune, continua-t-il, sans
répondre. Malgré vos airs émancipés, vous n'avez
aucune expérience.

— Vous vous exprimez comme un vieux
professeur. La jeunesse, à défaut d'expérience, est
douée d'une grande intuition.

— La mienne me souffle que vous n'êtes pas
vraiment amoureuse de Bruno.

— Sur quoi fondez-vous cette opinion? dit-elle
avec ironie.

— Un exemple : la pensée de lui faire de la
peine, ce soir, vous enchante.

— Peut-être, mais n'oubliez pas que c'est une
savante manœuvre pour le reconquérir. Le conseil
vient de vous et je suis prête à tous les sacrifices.

— Qu'entendez-vous par là?

Elle détourna les yeux. Jamais elle ne pouvait

soutenir bien longtemps le regard de Ted. Il y avait en lui quelque chose d'inquiétant. Un caractère à facettes. Personne n'est simple. Elle-même, parfois, ne savait plus très bien quels étaient ses sentiments.

A son tour d'éviter la question trop précise.

— Où dînerons-nous, ce soir ?

— Laissez-vous guider par le hasard. Je vous promets de ne pas trop vous horripiler. Et vous, de votre côté, tâchez d'y mettre un peu de bonne volonté.

— Pacte conclu.

— Célia, dites-moi encore. Vous tutoyez tous vos camarades, sauf moi. Pourquoi ?

— Sans doute parce que je ne vous considère pas comme un camarade. Et puis... je vous l'ai déjà dit. Vous n'avez pas leur âge.

— Exprimez le fond de votre pensée. Vous me trouvez vieux ?

Elle ne comprit pas son sourire ambigu. Ted pensait à Larsenne, à cet homme tenaillé par une impossible passion. A Larsenne qui aurait pu être le père de Célia.

— Non, dit pensivement Célia. C'est autre chose...

— Alors, je vous intimide ?

Soulagée, elle aperçut Serge et Nathalie qui venaient dans leur direction, glissa de son tabouret pour aller à leur rencontre.

« Le reste du peloton n'est pas loin », pensa irrespectueusement Ted.

En effet, Paul Danzigier et sa sœur apparaissaient à leur tour, se dirigeant directement vers la salle à manger.

Devançant tout le monde, en quelques enjambées, Ted se plaça près de Nathalie, lui fourra Opaline entre les mains.

— Une fois encore, vous avez manqué à votre devoir, murmura-t-il.

C'était dit sur le mode léger. Mais Nathalie ne s'y trompa pas. Le reproche était clair. Elle rougit. Un éclair de révolte traversa son regard.

— Elle m'a encore échappé! Je ne peux pas la quitter des yeux un instant. C'est un véritable esclavage! J'en ai assez!

— Alors partez. Quand on ne se sent pas de taille à assumer un rôle, on laisse sa place à un autre!

Cette fois, le ton était cinglant. Nathalie serra les dents. La réplique l'humiliait.

— Vous ne trouvez pas ridicule de servir de gouvernante à un chien?

— Là n'est pas la question. C'est peut-être ridicule, mais c'est aussi payant.

Rien ne vous forçait à accepter ce poste.

Sous le froid regard qui la détaillait, Nathalie se sentit jugée.

— Vous avez raison, admit-elle en le bravant.
J'ai accepté parce que j'avais besoin d'argent et que
c'est bien payé. Je poursuis mes études, et je n'ai
pas la chance d'avoir des parents riches, moi!

— Le but est louable, mais aborder la lutte avec
une âme en révolte n'a jamais donné de bons
résultats.

La voix s'était un peu radoucie. Mais ils n'eurent
pas le temps de poursuivre. Irène les avait rejoints.

— J'ai dormi tard, s'excusa-t-elle en dédiant un
sourire à Ted et en ignorant Nathalie. Venez
déjeuner. Il y a de la bouillabaisse au menu.
L'aimez-vous, cher ami?

— Je l'idolâtre.

Irène ne percevait jamais l'ironie chez les autres.

« Il l'a vraiment embobinée! » pensa Célia avec
irritation.

Ils s'installèrent. Philippe arriva le dernier,
déplia sa serviette en silence, en penchant un peu le
front pour essayer de dissimuler son visage.

— Toi non plus tu n'as pas profité du bain,
remarqua aigrement sa tante. C'est pourtant le
meilleur de la journée. Je me demande pourquoi on
t'offre des vacances! Pour le bien que ça te fait!
Mais regarde-le, Paul! Cette mine de papier mâché,
ces yeux cernés! Si tu ne te couchais pas si tard, tu
te porterais mieux et ton travail scolaire s'en
ressentirait favorablement.

Regard soupçonneux. Ton sec.

— Qu'as-tu donc fait, hier soir?

Devenu le point de mire de tous, Philippe s'agita, mal à l'aise.

— Irène... plaida Danzigier, pour avoir la paix en mangeant.

— Oh! Toi! Pourvu que ton assiette soit pleine et ton verre aussi!

Ainsi rabroué, son frère se tut. Entre-temps, Serge s'était abondamment servi, sans s'occuper des autres. Cette petite scène familiale, à laquelle il était accoutumé parce qu'elle se répétait régulièrement, ne lui coupait pas l'appétit.

— J'ai entendu raconter une histoire fumante, dit-il. La police a fait une descente au Tropicana, cette nuit. Elle recherchait des jeunes se livrant à un trafic de drogue.

— Le Tropicana! s'écria étourdiment Célia, mais c'est ton quartier général, Phil! Tu es au courant? Raconte!

— Pour une fois, votre frère n'y était pas, intervint Ted d'une voix tranquille. Nous étions ensemble.

Célia regardait tour à tour Ted et son frère avec un visible étonnement.

— Alors, toi aussi tu as participé à la bagarre? Tu en as été témoin? C'est drôle.

L'embarras inhabituel de Philippe n'échappait à
personne. Ted vint encore à son secours.

— Phil est trop modeste. Courageusement, il
s'est rangé de mon côté quand une bande de jeunes
gens ivres m'ont pris à partie.

— Où étiez-vous donc?

— Sur le pont de Saint-Trop, en train d'admirer
le clair de lune et les étoiles. C'était très chouette.
Absolument génial!

Les derniers mots étaient teintés d'indulgente
ironie.

— Comment se fait-il que tu n'aies pas de
marques, toi, Phil?

— Il faut bien que quelqu'un prenne les coups!
Philippe s'est contenté d'en donner. Il possède un
très joli punch!

Celia examina son frère d'un air narquois.

— Je ne te savais pas aussi téméraire. Et depuis
quand fraternisez-vous, tous les deux?

— Cela ne regarde pas les femmes, coupa
péremptoirement Ted. Allons, Phil, dépêche-toi de
déjeuner. Cet après-midi, je te lance un défi au ski
nautique. D'accord?

— O.K.

A présent, il avait la situation bien en main, se
faisait une idée très précise de la famille Danzigier.
Et il avait un moyen de pression sur chacun de ses
membres à des titres divers.

Il se jura de parvenir à ses fins. Une ombre s'allongeait sur ses projets : celle du mauvais magicien qui l'avait pris à son service. Qui gagnerait la partie ?

*⋆*⋆

Montant à l'assaut du Col du Canadel, l'étroit chemin serpentait entre les garrigues. La lueur jaune des phares trouait la nuit, révélant la lance pointue des agaves, le profil torturé des chênes-liège.

La « Pizza » était un petit restaurant genre chalet de montagne. Aplati comme un champignon au sommet du col, il offrait le réconfort et la gaieté de ses fenêtres lumineuses.

A l'aide d'une savante manœuvre, Ted réussit à faufiler sa voiture entre deux autres.

La salle était pleine. Avec autorité, Ted pilota sa compagne vers une petite table d'angle. Une étiquette indiquait : réservée.

— Cette table est réservée, monsieur.

— Je le sais, puisque c'est par moi.

— Excusez-moi, dit le garçon, confus, en écartant les chaises.

— Vous êtes un cachotier, reprocha la jeune fille. Vous m'aviez dit que rien n'était prémédité dans cette sortie.

— Il faut toujours aider le hasard.

— Vous mettez toujours le hasard en cause! Il a bon dos!

— Parce qu'aucun projet n'est valable sans lui. Vous n'avez aucune idée de l'importance du hasard.

Elle prit place à son côté, songeuse tout à coup. Une idée bizarre lui trottait dans la tête. C'était un peu comme un signal d'alerte, qu'un mot aurait déclenché. Hasard.

« Le hasard, vraiment? » pensa-t-elle, les yeux fixés avec insistance sur le profil volontaire qui s'abaissait pour consulter le menu.

Avec le recul, l'épisode de la disparition d'Opaline, suivi de sa rapide et providentielle restitution, lui paraissait singulier. Ted s'était vraiment trouvé là bien à propos! Et si c'était lui qui...

A peine formé, le soupçon s'effilochait, pour mieux reprendre, comme ces flammes alanguies sous les bûches.

Dans quel but aurait-il manigancé cette comédie? Pour faire connaissance? Mais en vacances, on se lie si facilement qu'il n'était pas besoin de se donner tant de mal.

Tout de même, l'incident était de taille et tante Irène, qui était le pivot de la famille Danzigier, éprouvait à présent une amitié et une reconnaissance sans limites pour le sauveur d'Opaline.

Aucun moyen ne se serait montré aussi efficace.

Il fallait bien reconnaître que toute la famille avait suivi. Même Philippe s'était entiché de Ted. Bizarre aussi, cette histoire de bagarre au clair de lune. Ted s'était bien gardé de donner des explications. Encore une pirouette, dont il avait le génie. L'esquive d'un habile escrimeur.

Et cette petite hypocrite de Nathalie! continuait à songer Célia, qui sentait croître son irritation. Elle n'arrêtait pas de faire la chatte devant Ted, lui glissant des regards doux, minaudant à la moindre occasion. Dieu que ce manège pouvait être exaspérant! Et que pensait Ted, de toutes ces simagrées? Tour à tour ironique, gai, sévère, on ne savait jamais à quel moment il était sincère. Séduisant? Long comme un échalas. Une allure de cow-boy.

La voix de Ted la fit sursauter.

— Voici ma proposition : pizza aux anchois pour débuter, ensuite côtes de mouton grillées aux herbes et tarte au citron. Le tout arrosé d'un petit rosé bien frais. Qu'en dites-vous?

Il s'aperçut de son air maussade.

— Vous m'aviez promis d'abandonner votre mauvaise humeur l'espace d'une soirée. Est-ce trop vous demander?

— Je ne suis pas de mauvaise humeur, je réfléchissais.

— A quoi?

— A vous, justement.

— Peut-on connaître le résultat de ces réflexions?

La serveuse, qui venait prendre la commande, dispensa Célia de répondre.

Autour d'eux, les gens riaient, parlaient fort, détendus, pleins de cette gaieté bruyante qui fait partie de l'uniforme des vacances, comme le hâle.

Silencieux, à son tour, Ted fixait un point invisible dans l'espace.

— Vous n'êtes pas très en forme, ce soir, nota la jeune fille avec un air moqueur. Ma compagnie vous ennuie peut-être? Dans ce cas, pourquoi m'avoir invitée?

— Je vous l'ai dit, pour vous rendre service. Mais attendez que je me chauffe. Dans très peu de temps, je serai dans l'ambiance et je me transformerai en délicieux compagnon.

— Hum! J'en doute. Une telle métamorphose... Mais je ne vous crois pas, quand vous parlez de me rendre service. Vous auriez une idée derrière la tête que cela ne m'étonnerait qu'à moitié.

— Décidément, vous êtes douée d'un tempérament méfiant. Pourquoi ne vous voudrais-je pas du bien? Mon but : vous rapprocher de l'élu de votre cœur en le rendant jaloux comme un tigre.

— Si Bruno nous voyait en ce moment, il serait tout à fait rassuré!

— Pour une fois, vous avez raison. Je suis un piètre soupirant. Quand on joue la comédie, il faut entrer dans la peau du rôle. Attention, je m'y mets! Prête?

Avant qu'elle ait eu le temps de reculer, il l'avait saisie par les épaules et l'attirait brutalement contre lui. Ses lèvres s'appuyèrent un instant sur une bouche qui cherchait à se dérober.

— C'est mieux? Vous préférez?

Ecarlate, mécontente de l'être, elle affichait l'indifférence.

— Pas la peine de vous forcer. Bruno n'est pas là pour nous voir. La leçon portera peut-être quand il verra que je suis sortie sans lui.

— Sait-il que c'est avec moi?

— Je ne lui ai rien dit, mais il n'est pas tout à fait stupide et fera le rapprochement en ne nous voyant ni l'un ni l'autre.

— Hum! Dans ce cas, notre amitié naissante me semble bien compromise.

Elle éclata.

— Ne me parlez pas de votre amitié pour Bruno!

— Tiens, tiens, quelle mouche vous pique?

— Vous n'éprouvez aucune sympathie pour lui! C'est uniquement pour me faire enrager que vous l'accaparez! On dirait que vous voulez nous fâcher!...

Elle fronça le nez, à la manière d'un chaton en colère. Tic familier.

— Vraiment, je me demande parfois quel but vous poursuivez...

— Aucun, sinon le plaisir des vacances.

Indécise, elle le regarda, à la recherche de la vérité. Des soupçons revenaient la taquiner. Ce garçon... Un drôle de type, dans son genre. Toujours l'ironie à fleur de phrase, parlant d'un ton dur, avec une emphase comique. Elle ne pouvait jamais capter sa pensée, faire la part de l'ironie ou du sérieux.

— Détendez-vous, Célia, au lieu de vous crisper. Nous ne sommes pas des ennemis.

— Des amis non plus.

— Alors, restons en terrain neutre. Profitez gaiement de cette soirée, sans arrière-pensée.

— Sans arrière-pensée...

Brusquement, elle se décida. Sa question résumait tout.

— Franchement, Ted, pourquoi vous intéressez-vous tellement à nous ?

Il fut sauvé par l'arrivée de la pizza.

— Attention, ne vous brûlez pas ! Mais ne lambinez pas non plus. A l'inverse de la vengeance, la pizza est un plat qui se déguste chaud !

Résignée, elle découpa la pâte parfumée.

« Avec lui, je me mets toujours en colère.

Pourquoi? Au fond, il est assez spirituel, et pas plus laid qu'un autre. Il possède même une personnalité plus marquée que tous les copains de Philippe. »

Impossible de mettre une étiquette sur ses sentiments. Au moins, avec lui, ne s'ennuyait-elle pas.

S'amusait-elle avec Bruno? Poser la question était la résoudre. Non, elle ne s'amusait jamais follement nulle part avec personne.

Elle sentit un regard appuyé sur sa joue, résista au désir d'y porter la main, comme pour chasser un moustique.

« Je l'aurai à l'usure. »

— Vous n'avez pas faim? demanda-t-elle avec une fausse sollicitude. On dirait que votre entrain est tombé?

— Pas du tout! Toujours en pleine forme et...

Il s'interrompit. Son regard venait d'accrocher celui d'une jeune femme brune, d'une beauté piquante, qui le dévisageait avec insistance.

Remarque acide de Célia, qui avait surpris le manège :

— Si je vous dérange, je peux m'en aller?

— Vous auriez du mal à faire de l'auto-stop, au sommet de cette montagne.

— Une fille se débrouille, ne vous inquiétez pas pour moi.

Enervée, elle repoussa son assiette.

— Vous « la » connaissez ?

— Non !

— Mais elle, on dirait qu'elle vous connaît. A moins qu'elle n'ait éprouvé un coup de foudre en vous voyant, ce qui serait bien étonnant.

— Pourquoi étonnant ?

Il protestait avec mollesse, un autre souci semblait l'accaparer. Un pli de contrariété barrait son front, entre les sourcils.

— Décommandez la suite du repas, cette pizza m'a étouffée et je ne peux plus avaler un morceau dit brusquement Célia, en lançant un coup d'œil venimeux à la belle brune.

— Entendu. Partons.

Etonnée de cette vive acceptation, alors qu'elle s'était attendue à des protestations et des reproches pour ce caprice, Célia, par esprit de contradiction, aurait voulu rester.

— Si cela vous contrarie, je veux bien faire un effort.

— Non, sortons d'ici, je suis d'accord. On étouffe dans cette atmosphère. Les cuisines chauffent de toutes les flammes de l'enfer !

Ted jeta sa serviette en boule sur la nappe, prit le bras de Célia pour l'aider à se lever. D'un geste, il appela la serveuse.

— On va vous faire payer les côtelettes commandées.

— Aucune importance !

Pendant qu'il réglait la note, Célia remarqua que la brune agitait une main dans leur direction.

— Quand je vous disais qu'elle vous connaissait ! Regardez ! Elle vous fait un signe !

— Ne m'exaspérez pas ! Moi je vous dis que cette jeune personne m'est totalement étrangère !

— C'est faux ! Et cela vous contrarie.

— Je ne suis contrarié, que par la chaleur. Venez !

— Décidément, j'ai changé d'avis et je reste.

Il planta son regard dans le sien. Impossible d'y résister. En cet instant, il lui inspirait une vague crainte.

— Venez ! répéta-t-il d'un ton calme et dur.

Il avait plié quelques billets dans la soucoupe, entraînait sa compagne sans réclamer la monnaie. La salle était petite. Il ne put éviter de passer devant le bar pour atteindre la porte.

La jeune femme brune lui saisit le bras.

— Thomas !

Le nom ricocha sur sa nuque, à la façon d'une pierre. Il ne tourna pas la tête, se dégagea d'un coup sec, sans galanterie.

— Vous vous trompez. Je ne m'appelle pas Thomas.

Il continua son chemin, ignorant l'interpellation.

— Oh! Le vilain menteur! Vous êtes son frère jumeau, alors?

Il claque la porte. En quelques enjambées, ils avaient rejoint la voiture.

— Pas si vite! Vous m'essoufflez!

— Montez! ordonna-t-il sans prendre garde à ses protestations.

Bien obligée d'obéir, maniée par cette poigne de fer!

Boudeuse, elle se recroquevilla sur la banquette. L'incident la tourmentait. Elle était certaine à présent que l'inconnue ne s'était pas trompée. Et si Ted avait protesté aussi nerveusement, perdant son habituel self-contrôle, c'est qu'il craignait d'être identifié. Pourquoi?

Prise d'une bizarre timidité, inquiète, elle n'osait l'interroger.

Un regard vers le masque sombre et fermé du conducteur. « Drôle de garçon... »

Au bout de cinq minutes, la voiture s'arrêta.

— Une panne?

— Non. C'est pour vous faire admirer le paysage.

Après une courte hésitation, elle descendit comme il l'y invitait.

D'une main ferme, qui faisait courir des frissons sur sa chair nue, il la dirigea vers le gouffre nocturne qui s'ouvrait à leurs pieds. Le ciel se soudait à la mer. A peine un léger dégradé qui s'allongeait jusqu'aux plages. Les étoiles piquaient les cieux, avec la déchirure plus claire de la voie lactée. Soulignant la côte, des lumières formaient un collier de diamants.

Une voix railleuse dissipa l'émotion naissante.

— Profitez du spectacle, jeune fille! C'est gratuit. Toute la magie du soir miroite devant vos yeux! Heureusement que nous n'avons presque rien mangé, car l'admiration est un sport qui se pratique à jeun!

— Vous ne pouvez donc rien prendre au sérieux? soupira Célia.

— Erreur. Il m'arrive parfois d'être très sérieux.

— Je vous défie de me citer un exemple!

— J'en ai des tas. Ne serait-ce que quand j'affirme que vous n'êtes encore qu'une gamine, pas du tout mûre pour le mariage. L'amour, Célia, ce n'est pas un jeu!

Il s'échauffait, pourtant ses yeux restaient clairs et froids. Depuis sa plus tendre enfance, il avait su dominer ses sentiments, donner le change à ses interlocuteurs, tromper ses adversaires. C'était sa force.

— A vous entendre, riposta Célia, agressive soudain, vous êtes un expert en la matière! Il est vrai que vous êtes plus âgé que moi. Combien de femmes avez-vous donc aimées?

— Je n'ai jamais aimé et n'aimerai jamais personne! Dieu me préserve de ce fléau! Je tiens trop à mon indépendance!

Ravie de le faire sortir de son caractère, elle insinua perfidement, sachant très bien à quoi s'en tenir :

— Vous ne faites même pas une exception pour cette ravissante brune qui vous appelait familièrement Thomas, tout à l'heure?

— Cette jeune femme s'est trompée. En vacances, tout le monde se ressemble. Désolé de vous contredire encore une fois.

Elle changea de tactique, contente de le prendre à son propre piège.

— Si vous n'avez jamais aimé, comme vous l'affirmez avec tant de fougue, comment pouvez-vous distinguer l'erreur de la vérité? C'est un peu trop facile de reprocher aux autres leur inexpérience en un domaine qu'on ne connaît pas soi-même.

— On peut chanter faux et entendre juste. Et puis j'ai des yeux pour voir autour de moi. L'expérience des autres m'a édifié. Je sais parfaitement déceler un authentique amour d'un flirt. Vous confondez les deux. Bruno aussi.

Elle s'enflamma. Il en était toujours ainsi quand elle parlait trop longtemps avec Ted. Ce diable de garçon la poussait à la limite de l'endurance.

— Bruno m'aime !

Dans l'ombre claire, elle vit bouger son sourire.

— Je remarque avec satisfaction que vous n'avez pas crié : j'aime Bruno !

Du bout de son pied, Célia fit rouler un caillou sur la pente hérissée de rocaille et d'herbe sèche, qui filait, abrupte, vers la sombre masse des pins.

— Quel est votre secret, Ted ?

— Qu'entendez-vous par là ? dit-il évasif.

Elle leva la tête, en quête de son regard.

— Il y a en vous quelque chose d'équivoque, d'inquiétant, qui m'effraie et m'attire en même temps.

Qu'avait-elle dit là ! Alanguie par un vague émoi, qu'espérait-elle ?

Le rire de son compagnon la souffleta.

— Voilà donc l'explication de l'intérêt que je vous inspire ! Comme toutes les femmes, vous êtes sensible à l'insolite, vous vous laissez prendre à la trouble attirance du faux héros ! Vous êtes toutes douées d'un esprit romanesque qui vous fait préférer le gangster au policier ! Si je vous apprenais que je suis un dangereux bandit recherché par Interpol, vous seriez pâmée d'admiration, prête à vous jeter dans mes bras ! Un espion ? Alors, là, ce serait génial !

— Ted, je vous en prie... qu'avez-vous ?

Elle avait reculé, apeuré par cette violente diatribe et par les yeux étincelants de colère.

— Ne parlez plus jamais d'amour, avant d'avoir atteint l'âge de raison, si jamais vous l'atteignez un jour !

Un frisson la parcourut quand elle sentit une main d'acier peser sur son épaule, descendre le long de son bras, encercler son poignet.

— Venez !

Toujours ce ton impératif qui anesthésiait sa volonté.

— Vous me faites mal, Ted, dit-elle, sans pouvoir retenir un gémissement.

— Bah ! Les femmes adorent ça, répliqua-t-il avec insolence.

*<sub></sub>*★<sub></sub>*

Appuyé sur un coude, crayon aux dents, Serge regardait la mer, l'œil vague, quand une main, s'appuyant à son épaule, le fit tressaillir.

— Alors, on rêve, monsieur Darmont ?

Un saut de chat.

— Permettez ?

Sans attendre la réponse, Ted s'accroupit à côté du jeune homme et regarda avec intérêt le cahier étalé devant lui.

— Vous notiez vos impressions de vacances, ou vous faisiez des comptes ?

— Ni l'un ni l'autre, répliqua vivement le secrétaire de Danzigier en fermant le cahier.

— Peut-être écrivez-vous des vers? suggéra suavement Ted, sans se démonter. Vous êtes encore à l'âge de la poésie. Une muse vous inspire sans doute, mais je suis indiscret...?

— En effet, vous l'êtes.

Nullement découragé, Ted continua :

— L'indiscrétion est une marque d'intérêt. Et puis c'est dans ma nature, je suis incorrigible, il faut toujours que je me mêle de tout. J'aurai dû me faire journaliste, ou quelque chose comme ça...

Il allongea les jambes, eut un large bâillement de fauve à jeun.

— Et puis non, je suis trop paresseux pour écrire sur commande. Vous, Serge, vous avez un emploi bien agréable. Je suis persuadé que vous appréciez votre chance à sa juste valeur. Graviter autour d'un homme célèbre. Connaître ses méthodes de travail... Qui sait? L'assister, peut-être? L'aider?

Serge restait muré dans un silence hostile. Toujours sans s'émouvoir, Ted poursuivit son petit discours-piège :

— Car, à mon avis, à voir la façon amicale dont il vous traite, M. Danzigier vous apprécie énormément. Pour lui, vous êtes davantage qu'un employé : un véritable collaborateur!

Il nota le tressaillement nerveux des lèvres, la

visible exaspération de Serge, et acheva d'une voix chaude :

— Je suis absolument certain que M. Danzigier ne pourrait pas se passer de vous !

La phrase, et surtout la façon dont elle était prononcée eut le pouvoir de secouer la réserve du jeune secrétaire. Elle atteignit des couches profondes. Un regret vacilla, comme une muraille rongée.

— Vous avez raison. Il ne le pourrait pas. Je lui suis devenu indispensable ! appuya-t-il, en soutenant l'examen incisif dont il était l'objet.

A sa grande surprise, ce fut Ted qui détourna les yeux, sans insister davantage.

— Que pensez-vous de Nathalie ? demanda-t-il sans transition.

— Elle est jolie, intelligente et pauvre. Et parce qu'elle est pauvre, elle dépend des autres.

Serge parut regretter ses paroles, mais l'autre ne semblait pas y attacher d'importance particulière.

— Oui, oui, approuva-t-il, presque distraitement, en traçant quelques arabesques sur le sable, de la pointe de l'index. C'est une fille qui a beaucoup de qualités, malheureusement pour elle, elle n'est pas simple.

— Que voulez-vous dire par là ?

Ton vif. Comme si on l'avait piqué. Mais Ted ne

s'en formalisa pas. Un but au moins était atteint : il avait réussi à forcer la citadelle.

— Je veux dire qu'elle s'insurge contre tout, contre certains aspects de l'existence qui n'ont rien d'humiliant, quand on sait les aborder et les accepter d'une âme forte.

— On voit bien que vous êtes riche, vous !

C'était dit avec amertume. Pour la remière fois, Serge perdait son arrogance. Une mèche blonde retombait sur son front. Il ressemblait à un collégien frondeur.

— Bah ! La fortune est le don le plus capricieux du monde ! Le plus pauvre aujourd'hui sera peut-être le plus riche demain. La roue tourne.

— Peut-être, oui... Demain, toujours demain. La carotte de l'âne. Mais je suis jeune, moi ! Je n'ai pas envie d'attendre.

Inconsciemment, Serge avait crispé les poings. Mais rien n'échappait à l'œil d'aigle de Ted Davis. Rien. Pas même le désespoir latent.

— C'est en cela que je ressemble à Nathalie, poursuivit Serge d'une voix sourde. Comme elle, l'injustice me révolte. Comme elle, je voudrais tout et tout de suite !

— De quelle injustice voulez-vous parler ?

Le jeune secrétaire fut sur le point de dire quelque chose, se ravisa, reprit son air buté.

— Cela ne regarde que moi.

Ted ouvrit la bouche pour pousser plus loin son interrogatoire. Il sentait que le fruit était mûr. La confession était proche. Mais la voix glapissante d'Irène Danziger vint malencontreusement briser l'entretien.

La voix enfla, devint gémissement.

« Aurait-on réellement kidnappé Opaline, cette fois ? » se demanda Ted, contrarié.

Car rien d'autre, à son avis, ne pouvait justifier ces clameurs.

Pourtant, il parvint à saisir des paroles qui l'édifièrent.

« Ma bague ! On m'a volé ma bague ! Un solitaire superbe ! Trois carats. Je porterai plainte ! J'exigerai qu'on fouille tout le monde. Cet hôtel est un véritable coupe-gorge, décidément ! Un rapt ! Un vol ! Bientôt un assassinat ! »

D'un bond, Ted se redressa. Il avait pâli. Une vive contrariété se lisait sur sa figure.

— Je vais aux nouvelles ! lança-t-il en quittant hâtivement son compagnon.

— Bah ! dit l'autre, méprisant. Elle l'aura perdue, sa bague. Elle croit toujours qu'on la vole.

Sans l'écouter, Ted s'était précipité dans le hall où Irène Danziger venait de faire irruption. Pour la seconde fois, elle tenait la vedette, vociférant, entourée d'un cercle de curieux qui s'évertuaient les uns à la calmer, les autres à lui prodiguer des conseils.

— Il m'est arrivé la même aventure en Grèce, lors d'une croisière, chère madame. L'année dernière. On m'a dérobé un joyau de famille, d'une valeur inestimable.

Mais le malheur des autres n'ayant jamais effacé les siens, Irène continuait à gémir de plus belle, sans compatir au larcin grec.

— J'exige une enquête! Il faut vérifier toutes les identités! Un Arsène Lupin se cache parmi nous!

Cette fois, le directeur du Bailli de Suffren trouvait que la mesure était comble. Il n'appréciait pas ce genre de publicité dans un établissement de premier ordre comme le sien. Ce n'est pas avec ce tapage qu'il gagnerait une étoile supplémentaire.

— Je vous en prie, mademoiselle, pas d'affolement. Pas de scandale. Tout d'abord, êtes-vous bien certaine que votre bague a été volée? Ne l'auriez-vous pas plutôt égarée? Une distraction est toujours possible...

Au lieu d'apaiser le courroux d'Irène, cette conciliante suggestion ne fit que l'attiser.

D'un regard olympien, elle foudroya le malheureux directeur.

— Je suis absolument certaine de ce que j'avance, monsieur! Je ne suis pas une tête de linotte! En me couchant, j'ai déposé ce bijou, comme tous les soirs, à la même place, dans le tiroir de ma commode. Au matin, il n'y était plus. Je l'affirme sous la foi du serment!

Théâtralement, elle étendit la main droite.

— Je le jure! J'accuse! Je réclame vengeance!

— Ne vous inquiétez pas. Nous allons le retrouver. Tout mettre en œuvre...

En vérité, le malheureux ne parvenait plus à joindre deux idées cohérentes. L'événement prenait mauvaise tournure. Et en pleine saison!

— Pourquoi ne pas avoir déposé cette bague dans le coffre de l'hôtel? Un bijou d'une telle valeur...

— Je ne m'en sépare jamais, trancha Irène. C'est un principe. Et je suis contre ces absurdes pratiques. A quoi bon posséder un merveilleux solitaire, si c'est pour le reléguer dans un coffre?

Qu'opposer à cet argument aussi péremptoire que féminin?

Irène semblait un peu calmée, quand l'arrivée de son frère, le « bob » juché sur le crâne, l'air placide, un roman policier sous le bras, ranima sa vindicte.

— Paul! Il m'arrive une épouvantable catastrophe! clama-t-elle en se précipitant à sa rencontre, les yeux étincelants.

— Encore Opaline? Mais c'est une manie! A quand la demande de rançon?

Elle eut un geste agacé.

— Mais non, cette fois il ne s'agit pas d'Opaline. On m'a volé mon diamant!

— Vous l'avez perdu, rectifia le directeur à mi-voix.

Seul Danzigier entendit. Il était du même avis, mais, connaissant sa sœur, se garda bien de l'exprimer.

— Et pendant ce temps-là, continua sa sœur, monsieur lisait tranquillement un roman sans queue ni tête!

— Mais, ma bonne amie, comment aurais-je pu prévoir...

— Tu aurais dû! Les romanciers ont toujours des pressentiments!

Paul Danzigier eut un soupir de soulagement en apercevant enfin Ted, qui avait assisté à la scène en silence. Seul Ted pouvait apaiser Irène, qui ne jurait que par lui.

— Mon cher, approchez pour prendre part à nos ennuis. Il ne vous reste plus qu'à réitérer le miracle d'Opaline.

— Hélas, je ne suis pas sorcier. Croyez que je suis le premier à le regretter, d'ailleurs. Mais puis-je suggérer à mademoiselle Danzigier de reprendre son calme pour nous faire un exposé clair et détaillé de la situation?

Il eut ce sourire qui enchantait Irène.

— Dépresssion passagère toute naturelle chez une jolie femme.

Un signe au garçon qui passait.

— Apportez un whisky sec pour mademoiselle.

Le traitement de choc réussit. Irène reprit un relatif sang-froid. Peu à peu, le cercle des curieux s'amenuisait. On se lasse de tout, surtout quand on attend un rebondissement spectaculaire et qu'il n'intervient pas.

— Je suis mieux, constata Irène, en adressant un sourire reconnaissant à Ted.

— Alors suivez-moi sur les lieux du délit, pour une reconstitution. Et racontez, sans omettre le plus petit détail.

Ted semblait prendre l'affaire en main. Il était indispensable, ce garçon. « Un mari comme il en aurait fallu un à Célia... »

Irène recommença posément son récit. Un récit qui, du reste, ne variait pas. Vers minuit, elle était montée dans sa chambre. Comme tous les soirs, elle avait retiré sa bague. Oui, oui, elle en était sûre ! Puis, le rite machinal. Elle l'avait glissée dans le tiroir. Toujours le même. Sa tête à couper ! Au matin, la bague avait disparu ! Quant à elle, elle n'était pas sortie de sa chambre ! A moins d'être somnambule...

Ted avait écouté ces explications avec une attention soutenue.

— Quand, exactement, avez-vous constaté sa disparition?

— Je vous l'ai dit, au matin.

— Mais l'heure exacte? Je suppose que vous faites votre toilette avant de mettre votre bijou? Que vous prenez le petit déjeuner? Bref, que mettre cette bague à votre doigt n'est pas votre première occupation matinale?

Irène réfléchit et finit par en convenir volontiers. Le front plissé, elle faisait un réel effort pour se souvenir, revivait les petits rites qui jalonnaient son réveil.

Voyons... Elle s'était levée tard, avait passé son déshabillé de dentelle, puis était allée dans la salle de bains pour se recoiffer et se rafraîchir un peu le visage à l'aide d'une pulvérisation d'eau minérale. Après? Eh bien, après, elle était revenue dans sa chambre pour téléphoner afin d'avoir son petit déjeuner...

— Combien de temps environ avez-vous quitté votre chambre?

— Je ne sais pas, moi... Dix minutes, peut-être.

— Auriez-vous pu entendre si quelqu'un était entré?

— Non.

— Il y a des passe-partout. Ensuite?

Ted ressemblait à un juge d'instruction. C'est la réflexion que se faisait Irène, conquise par tant de dévouement. La comparaison ne jouait pas en faveur de son frère qui assistait à l'interrogatoire avec la passivité des confidents de tragédie.

— Ensuite, j'ai déjeuné près de la fenêtre, comme tous les matins. Puis je suis retournée dans la salle de bains pour faire ma toilette. Une fois prête, j'ai ouvert le tiroir habituel. Ma bague n'y était plus.

— L'heure?

— Approximativement, onze heures.

— Donc, si je résume, personne, absolument personne, à part la femme de chambre venue vous apporter votre plateau, n'a pénétré dans votre chambre?

— Ah! Vous la soupçonnez donc?

— Non. Je ne soupçonne personne. Je vous ai posé une question.

— Mais certainement, mon cher. Prenez-vous ma chambre pour un moulin à vent? Nul n'y est entré, à part Nathalie, naturellement.

Ted réprima un tressaillement. Irène tamponna ses yeux rougis. Paul Danzigier gardait un silence prudent.

A pas de loup, le patron du Bailli s'était approché et avait attrapé au vol les derniers propos.

— Nous interrogerons cette fille! Mais je crois pouvoir vous affirmer qu'elle est honnête. Elle est à mon service depuis la création de la maison.

— On est honnête jusqu'au jour où on ne l'est plus, trancha sentencieusement Irène. Mon solitaire avait de quoi tenter le diable lui-même.

« Le diable ou l'un de ses serviteurs », songea Ted, de plus en plus soucieux.

— Qui aurait pu s'introduire dans votre chambre depuis la terrasse? continua le directeur. Ce ne peut être qu'un voleur professionnel. Voyons un peu...

Il se déplaça, ouvrit la fenêtre coulissante, jeta alentour des regards soupçonneux.

— C'est en effet relativement facile, pour un homme entraîné, vigoureux. Voyons, voyons...

Agacée par ces « voyons », Irène haussa les épaules. Le directeur à présent prenait le relais.

— Je récapitule : à votre gauche, le roi de l'étain. Impensable. Votre voisin de droite... mais c'est M. Davis!

Il se tourna vers Ted.

— Dites-moi, monsieur Davis, n'avez-vous rien entendu de suspect, au cours de cette nuit?

Ted enfonça profondément les mains dans ses poches.

— Ma foi, non. Je dors à poings fermés et des rafales de mitraillettes ne me réveilleraient pas. Vous pensez bien que si j'avais entendu ou remarqué un fait insolite, je l'aurais mentionné. Pour comble, ie me suis couché très tard.

— Cette affaire est bien ennuyeuse. Pour le bon renom de mon établissement, je suis bien ennuyé, marmonna le pauvre directeur qui manquait de vocabulaire, dans son désarroi.

— Et moi, je suis catastrophée, anéantie par ce coup du sort, gémit Irène, reprenant ses lamentations.

— Si nous allions déjeuner? L'heure est largement passée, proposa candidement Danzigier, pour faire diversion.

Il s'attira cette verte réplique :

— Toi, tu ne penses qu'à ton ventre! Tu ferais mieux de cultiver ton cerveau!

— Votre frère a raison, intervint Ted, conciliant. Cela vous détendra.

— Je ne peux rien vous refuser, très cher, minauda Irène, employant des expressions surannées qui auraient fait ricaner ses neveux. Mais je ne faiblis pas pour autant! Il y aura enquête et tout le monde sera interrogé, y compris le roi de l'étain! Dites-moi que je retrouverai mon solitaire, mon cher ami!

Ted se força à sourire.

— Ayez-en la certitude, mademoiselle Danzigier. A mes heures, je suis prophète.

A l'aide d'une fine brosse de soie, Nathalie lissait

avec application le dos d'Opaline, quand une ombre grandit derrière elle. C'était Ted, et elle sursauta au son de sa voix.

— Je veux vous parler, Nathalie.

— Je vous écoute.

Leurs rapports étaient brefs, manquaient de chaleur. Il n'y avait que Célia, pour s'imaginer...

— Pas ici. On risquerait de nous entendre.

Elle leva enfin les yeux, qu'elle tenait obstinément baissés.

— C'est donc si important?

— Très.

L'intonation brève indiquait une colère intérieure. La teinte des yeux aussi. Nathalie observait beaucoup Ted, depuis quelque temps. A quel titre l'intéressait-il?

— Il faut que je finisse la toilette d'Opaline. M$^{lle}$ Danzigier m'a bien recommandé : cent coups de brosse.

— Vous voilà bien zélée, tout à coup. Bah! Pour une fois, le poil d'Opaline se contentera de peu et ne s'en portera pas plus mal. Venez.

— C'est vous qui me prêchez la désobéissance, maintenant?

— Venez. Je ne le répèterai pas trois fois.

Comment résister? C'était un ordre. Et Ted possédait une sorte de magnétisme auquel bien peu de personnes échappaient. La protestation mourut sur les lèvres de Nathalie. En soupirant, elle posa sa brosse.

Ted se baissa pour cueillir le petit chien qui frétillait de joie à son contact, et avertit :

— Suivez-moi à une certaine distance. Si l'on nous rencontre, n'ayons pas l'air d'être ensemble.

Opaline blottie avec confiance au creux de son épaule, Ted traversa le couloir jalonné de portes closes, longea le hall où caquetaient de vieilles Anglaises, gagna la sortie qui donnait sur un chemin bordé de mimosas, derrière l'hôtel. Silencieuse, Nathalie le suivait. Il s'arrêta enfin, lui fit face l'air sévère, la considéra longuement, comme s'il voyait à travers elle. Gênée par l'examen, elle essayait cependant de faire bonne contenance.

Comme souvent quand on est en situation d'infériorité, ce fut elle qui attaqua.

— Que me voulez-vous? Pourquoi ces précautions de conspirateurs?

— A votre place, je m'en réjouirais.

— Je ne comprends pas.

— Vous allez comprendre. Car vous êtes une fille intelligente, Nathalie. Et une fille intelligente pige très vite.

Il lui prit le bras et l'entraîna dans un pan d'ombre, de façon à être à l'abri de tout gêneur.

Autour d'eux, la nuit tombait lentement. Une à une, les étoiles s'allumaient dans un ciel encore pâle. En filigrane, le tracé doux de la voix lactée. Au cœur du Scorpion, Antarès naissait, avec son éclat rouge.

— Pourquoi avez-vous pris cette bague? demanda brusquement Ted.

Nathalie tressaillit, resta muette.

— Pourquoi?

Question brève. Intonation rude. Sans même chercher à nier, elle dit, soudain brisée, comme indifférente :

— Comment savez-vous?

— Je l'ai deviné. Mais le mobile m'échappe.

Elle rit un peu tristement.

— Pourquoi vole-t-on? A part l'intérêt, je ne vois pas d'autre raison.

— Ce n'est pas par intérêt, Nathalie. Pas par cupidité. Je crois qu'il s'agit d'un motif plus subtil.

— Alors, puisque vous avez deviné...

— Ce n'est qu'une supposition. Je veux que vous la confirmiez.

— Je vous répondrai quand vous m'aurez appris pourquoi vous m'avez soupçonnée.

— Pas bien malin. Irène Danzigier a dit que deux personnes seulement étaient entrées dans sa chambre, ce matin, la femme de chambre et vous.

— Pourquoi pas la femme de chambre?

— Cette hypothèse ne m'a même pas effleuré. Prenez-vous cette femme pour une sotte? En agissant ainsi, elle savait qu'elle aurait été immanquablement soupçonnée.

— Pas par vous, en tout cas. Mais me jugeriez-vous encore plus sotte? Le raisonnement s'applique aussi bien à moi qu'à elle!

Elle s'animait. A travers les ombres bleues du soir, il étudia ses traits durcis.

— Oh, que non, Nathalie. Vous n'êtes pas sotte. Ni même intéressée. Vous méprisez la richesse. Tout à l'heure, je vous demandais la raison précise de votre geste. Maintenant, je ne vous la demande plus.

— Pourquoi?

— Parce que je la connais.

Ils s'observèrent un moment. Ted venait de prendre l'avantage. Désorientée, elle murmura :

— Expliquez-vous.

— Je viens de comprendre que vous ressembliez à Serge.

Elle eut une réaction imprévue :

— Laissez-le en dehors de cette affaire! Il n'y est pour rien!

— Je le sais. Mais je sais aussi qu'il aurait été capable d'un geste de ce genre. Son côté slave, sans doute. Genre roulette russe. Voulez-vous que je vous dise, Nathalie?

Il se rapprocha d'elle.

— Deux gosses exaltés, révoltés, refusant de voir

la vie en face. Voilà ce que vous êtes, Serge et vous.
A l'un et à l'autre, il a sans doute manqué quelques
paires de gifles et surtout une bonne directive.

— Un peu de chance aussi, riposta-t-elle, amère.
Surtout au départ.

A cette heure, les fenêtres de l'hôtel étaient
toutes éclairées. Un front s'était posé sur une vitre.
Ted ne pouvait pas savoir que Célia les observait
sans pouvoir les entendre. Elle pouvait donc
s'imaginer n'importe quoi. Une dispute comme un
flirt.

— La chance, dit Ted, c'est le viatique des
faibles. Les forts n'en ont pas besoin. Vous êtes
d'une autre trempe, Nathalie. Non, vous n'avez pas
volé cette bague pour sa valeur marchande, que
d'ailleurs vous ne soupçonnez même pas, mais pour
ce qu'elle représente : la richesse. Cette richesse qui
vous manque pour continuer tranquillement vos
études, alors que tant de fils à papa la gaspillent en
futilités. Un geste gratuit. Une valeur de symbole.
Mais cela s'appelle tout de même un vol, et la
police, elle, ne verra pas la différence.

Des phares éblouissants surgissaient dans la nuit.
Des voix jeunes les hélaient : « Ohé ! les amoureux ! »

Domptée, Nathalie était au bord des larmes. La
peur remplaçait l'orgueil.

— Vous allez me dénoncer ?

— Je ne suis pas un délateur.

— Je me demande parfois qui vous êtes.

Il ne fallait pas inverser les rôles. Désireux de ne pas perdre son avantage, Ted ignora la question. Du reste, il réfléchissait à des choses pratiques.

— Qu'avez-vous fait du bijou? dit-il au bout d'un moment.

— Je... je ne l'ai plus, répondit-elle avec réticence.

— Où est-il?

— Je l'ai caché. Pour faire enrager Irène Danzigier.

— Allez le chercher.

— Je... ensuite, je l'ai jeté à la mer!

Un doigt posé sur la joue, il médita quelques secondes, sans marquer d'étonnement. De la part d'une fille comme Nathalie, la réponse ne le surprenait qu'à moitié. Une folie, ce geste.

Opaline remua, recherchant, câline, la tiédeur du torse sous le mince tee-shirt. Ted la caressa. Ses pensées s'ordonnaient.

— Vous allez m'écouter, à présent, Nathalie. Je prends la direction des opérations.

Il la saisit par un poignet, l'attira près de lui. Que devait penser Célia, de son poste d'observation? Mais que lui importait un type aussi horripilant que ce Ted Davis!

— Nous allons « retrouver » cette bague, Nathalie.

Un sourire incrédule, un brin moqueur, brisa la
ligne triste des lèvres.

— Comment?

— C'est mon affaire.

— En sondant la Méditerranée?

— Qui sait? Mais j'ai un moyen plus efficace.

— Lequel?

— C'est mon secret.

Un sourire, un vrai, le premier, éclaira le visage
de Nathalie.

— Pourquoi vous donnez-vous tant de mal pour
me sauver?

— Pour le plaisir. J'ai horreur d'assister à un
naufrage sans participer au sauvetage. Et puis...

Le sourire de Ted disparut. L'expression dure,
implacable, le remplaça.

— Un étrange pari que je me suis fait à moi-
même. Jeu ou combat, ne cherchez pas à comprendre.

Tout à coup, Nathalie avait envie de poser son
front contre une épaule amie. Envie de s'appuyer
sur quelqu'un de solide. Et de pleurer à fond, pour
vider son cœur. Depuis l'enfance, sa vie n'était que
lutte. Dès sa jeunesse, elle avait travaillé avec
acharnement, assumant de lourdes tâches matérielles pour payer ses études. Courber la tête.

Remercier. Accepter des pourboires. Subir des remontrances. Recevoir des ordres. Autant d'humiliations pour une âme révoltée, en quête d'absolu. Peu à peu, la rancœur s'était amassée. Maintenant, Nathalie était comme délivrée. En partie, par son regrettable geste. Et surtout par l'intervention de Ted.

Machinalement, il lui caressa les cheveux.

— Jurez-moi de ne plus jamais recommencer.

— Juré, promis.

La main s'attardait sur l'épaisse chevelure aux reflets dorés. Célia n'avait pas perdu un geste. Une étrange colère gonflait son cœur. La vue du couple rapproché la bouleversait.

« Cette Nathalie, tout de même ! Quelle effrontée ! Et Ted, avec son air de ne pas y toucher ! Un dragueur ! Comme tous les autres ! Pire que les autres ! »

Une rage jalouse l'envahissait, bouillonnait comme une écume. « Si je voulais m'en donner la peine... »

Un trait de lumière, cette pensée ! Se donner la peine de séduire Ted ! De l'amener à ses pieds ! Pour le seul plaisir de le faire souffrir, de triompher des rivales, de se prouver qu'elle était la plus belle, la plus forte !

« Ris, ris, mon bonhomme ! Fais du charme à

Nathalie! Déploie la panoplie du parfait séducteur!
Tel est pris qui croyait prendre! »

Pendant ce temps, Ted questionnait amicale-
ment :

— Parlez-moi de Serge. Qu'est-il exactement
pour vous?

Un silence. D'un ton encore plus doux, persua-
sif :

— Qu'attendez-vous, tous les deux, pour découvrir que vous vous aimez et vous le dire?

— Moi, je l'aime. Mais lui?

— Lui aussi. Je suis doué d'un remarquable don
de divination, vous devriez le savoir.

— Même s'il m'aimait, dit Nathalie, il ne me le
dirait pas.

— Tiens! Et pourquoi donc?

— Parce qu'il est follement orgueilleux, vous
l'avez remarqué. N'ayant rien à m'offrir, à cause de
sa médiocre situation, il ne veut pas s'engager.

— Mais il me semble que son emploi de
secrétaire n'est pas une si mauvaise place? Et puis
Serge est jeune, sa situation ne peut que s'amélio-
rer, surtout s'il a de l'ambition.

Elle tamponna ses yeux humides.

— De l'ambition...

Cherchant ses mots pour ne pas dévoiler entière-
ment le fond de sa pensée, elle ajouta, ambiguë :

— Serge n'est ni apprécié ni rétribué selon ses mérites.

Ted perçut la réticence.

— Il m'a paru au contraire très apprécié de son patron. Un vrai régime de faveur. Jamais une observation. A mon avis, Danzigier donne l'impression de ne pas pouvoir se passer de son secrétaire particulier.

C'est avec intention qu'il appuya sur le dernier mot.

— Je vous en prie, dit nerveusement Nathalie, ne parlons plus de Serge.

— D'accord. Mais nous y reviendrons. Que voulez-vous, je m'intéresse aussi à ce garçon. Il m'inspire de la sympathie.

— Vous vous intéressez à beaucoup de gens, il me semble.

— A propos de la bague, reprit Ted sans paraître entendre, ce serait cruel de prolonger l'attente. Et puis cette pauvre Irène va ameuter tous les flics de la Côte. Elle retrouvera très vite son solitaire.

— Comment? fit la jeune fille, interloquée. Puisque je vous dis qu'il est au fond de la mer!

— Décrivez-moi très minutieusement ce colifichet, demanda Ted, qui avait décidément l'art d'esquiver les questions gênantes.

— Un colifichet qui vaut une fortune... fit observer Nathalie avec amertume.

Il mit un doigt sur ses lèvres, elle sourit, continua :

— Eh bien, c'est le solitaire classique de trois carats, taille moderne, monté sur un cercle de platine.

— Et vous l'avez déjà essayée, cette bague, hein ?

Jamais Ted n'avait eu l'air plus nonchalant. Comme si cette curiosité n'avait aucune importance. Propos anodins.

— Un geste si féminin! ajouta-t-il avec ce sourire auquel on pouvait rarement résister.

— C'est vrai. Je l'ai souvent passée à mon doigt.

— Lequel?

Elle montra son annulaire.

— Nous avons la même main, M^lle Danzigier et moi.

— Compliment. Je m'y connais un peu en bijouterie. C'est du 50 au triboulet?

— Du 49, précisa Nathalie, en le fixant d'un air surpris. Mais pourquoi toutes ces questions, Ted? Si vous avez l'intention de faire faire une copie, je vous préviens : Irène Danzigier s'en apercevra.

— Parions le contraire, dit-il en riant. Maintenant, ma petite Nathalie, bonsoir. Dormez bien. J'ai enregistré votre promesse et en vertu du principe qu'à tout péché miséricorde, je vous absous, mon enfant. Allez et ne recommencez pas...

Sous l'emphase perçait le conseil. Un battement de cils pour sceller leur complicité.

— Bonsoir, Ted. Et... merci.

La silhouette se perdit dans l'ombre. Il resta seul, sérieux soudain, vaguement mélancolique.

Célia avait quitté la fenêtre. Le cœur et l'esprit en tempête, elle brûlait du désir de prendre sa revanche.

« Il va voir!... »

La lumière de la chambre s'éteignit. Quelques minutes s'écoulèrent, le temps pour Célia de donner un coup de fil.

— C'est toi, Bruno? Viens me chercher tout de suite; envie de faire une petite virée. D'accord? Je suis prête.

Levant la tête, Ted observait les étoiles. Ces lointaines constellations l'attiraient. Que se passait-il, dans ces mondes inconnus? Certes, on avait marché sur la lune. Mais les étoiles gardaient leur mystère.

Il gratta la tête d'Opaline avec affection.

— Je te destine un rôle dans ma petite comédie. Tu vas m'aider, ma vieille. Tu me dois bien ça.

Opaline frétilla toute entière.

Une porte s'ouvrit et il reconnut Célia. L'air dégagé, elle venait vers lui. Jupe longue. Soutien-gorge noué sur le devant, découvrant la taille mince comme un jonc d'or. Du parfum. Soyeux, les cheveux encadraient le visage aigu, aux longues prunelles bleues.

Elle feignit la surprise.

— Tiens, vous étiez là? Vous étudiez encore vos chères étoiles?

Le ton inhabituel lui fit froncer les sourcils.

— Oui, je rêvais aux étoiles, comme on dit. Et vous, pas encore couchée?

— La nuit est trop belle pour dormir.

Il se forçait à ne pas la regarder, restait le visage levé, fuyant ou guettant il ne savait quoi.

— Vous étudiez votre destin? demanda-t-elle, ironique et coquette.

— J'essaye. Mais qui peut prédire l'avenir?

— Eh bien, je vous laisse faire le fakir et je file à Saint-Trop!

D'un bloc, il pivota.

— Seule?

Rire cristallin. Mouvement de tête qui éparpilla des miettes de parfum.

— Mais non, avec Bruno! J'ai fait la paix avec lui. A ce propos, Ted, je dois vous remercier. Votre petite ruse a merveilleusement réussi. Jamais Bruno ne s'est montré aussi amoureux.

— Ravi.

L'accent démentait les paroles. Un tigre à jeun auquel on arrache un quartier de gazelle.

— Quelque chose qui ne va pas? questionna innocemment Célia.

— Mais non, au contraire. Je vous le dis, très content de vous avoir rendu ce petit service. Au moins, j'espère que vous ne serez pas ingrate?

— Si je peux quelque chose...?

Voix suave. Regard candide. Dieu, qu'elle était jolie, Célia, ce soir! Et cet imbécile de petit Bruno qui... enfin que...

Et Larsenne! Comment pouvait-il imaginer une seule seconde tenir un jour Célia entre ses bras! N'avait-il pas formé le monstrueux projet de l'épouser? Bouffon! A se tordre de rire!

— Je vous assure, Ted, ça ne tourne pas rond pour vous. Je vous entends presque grincer des dents.

Elle fixa la pointe de ses sandales.

— Est-ce votre duo avec Nathalie qui vous aurait mis de si méchante humeur?

— Nathalie est une fille charmante, pas du tout crispante comme j'en connais!

— Oh! C'est pour moi que vous dites ça?

— Quelle idée! Jamais vous n'avez exaspéré personne! Pas moi en tout cas.

— Je me disais aussi...

Air de plus en plus angélique :

— Que racontiez-vous, tous les deux?

— Des secrets.

— Non. Blague à part?

— Eh bien, je développais ma spécialité. Le ciel est mon domaine. Nous admirions les étoiles, comme nous l'avons fait le premier soir. Vous vous souvenez?

Il comprit qu'il l'avait blessée et en ressentit une mauvaise joie.

— Je m'en souviens à peine. C'est déjà loin. Bientôt la fin des vacances...

Un bruit de moteur enfla dans la nuit.

— C'est Bruno. Bonsoir, Ted.

— Attendez!

Surprise, elle s'immobilisa.

— Quand on rend un service, dit-il, il faut aller jusqu'au bout.

Avant qu'elle ait pu s'en défendre, il l'avait saisie par la taille, penchait sa bouche, cherchait ses lèvres.

Elle n'eut pas le temps de discerner si c'était une victoire ou une défaite. Le baiser la brûla. Mais l'étreinte fut courte. Aussi violemment qu'il l'avait attirée, Ted la repoussa.

— Avec ça, je vous prédis une soirée du tonnerre! Bonsoir!

Et Ted s'éloigna, à grands pas furieux.

\*\*\*

Le soir. Dîner morne. Chacun suivait le fil de ses

idées. Irène mangeait à peine, ne se consolant pas de la perte de sa bague. Son courroux du début avait fait place au découragement. Elle aurait voulu remuer ciel et terre, mais avait fini par écouter le conseil de Ted, en qui elle avait une confiance illimitée.

« Attendez quelques jours. N'ébruitez pas cette affaire, ce qui aurait pour résultat d'effrayer le voleur. Ayez confiance. Le patron du Bailli fait l'impossible. De mon côté, je mène une enquête serrée. »

Quelques jours qui semblaient une éternité.

Toute la famille était réunie sous le dome de toile bleue. Une nuit splendide. A leurs pieds, la mer ronronnait langoureusement. Mais nul n'avait le cœur d'apprécier le spectacle, pour des raisons diverses. On apporta le dessert, une magnifique omelette norvégienne hérissée de petites flammes bleues, comme une crête.

Ted se pencha, après avoir éparpillé quelques miettes de friandises dans son assiette.

— Je suis sûr que notre petite Opaline adore les sucreries...

La corbeille d'Opaline était placée entre ses longues jambes.

Un vent chaud modelait la mer et Ted, index pointé, avait prédit un orage. C'est pourquoi il avait recouvert Opaline d'une couverture de laine.

— Tiens, mange.

L'animal émit un jappement heureux, tendit son museau rose.

— Vous la gâtez trop, gloussa Irène, un instant distraite.

Délicatement, Ted écarta la couverture.

— Ne salis rien, Opaline. Tu es trop bien élevée, hein?

Recommandation superflue. Au bout d'un instant, des miettes meringuées s'éparpillèrent autour de l'assiette. Ted s'était redressé et tentait de nouer une conversation. Mais Serge conservait un mutisme dédaigneux. Nathalie semblait ailleurs, le visage caressé d'ombres plus douces. Paul Danzigier, comme à l'accoutumée, se laissait gagner par la béatitude d'un bon dîner suivi d'une heureuse digestion. Irène conservait son air sombre, tout en tripotant machinalement son doigt nu. Seuls, Philippe et Célia bavardaient un peu.

Opaline éternua. Irène s'arracha à sa mélancolie.

— Allez coucher Opaline, Nathalie.

— Bien, mademoiselle.

— Vous devriez secouer sa couverture, conseilla Ted. Elle est pleine de miettes.

Nathalie obéit. Il y eut un nuage de sucre, puis un bruit clair produit par un objet tombant sur le sol. Un caillou, sans doute?

Oui. Un caillou d'un genre un peu spécial, qui brillait de tous ses feux sous la table.

— Oh!

La même exclamation de stupeur avait échappé à tous. Irène Danzigier, pétrifiée, regardait sa bague qui étincelait à ses pieds. Sous son hâle, elle était devenue rouge cerise. Dans son désarroi, elle se tourna vers Ted, balbutia :

— Y comprenez-vous quelque chose? C'est de la sorcellerie.

— Mais non, à mon avis, rien de plus simple, répondit-il en se baissant pour ramasser le bijou. Tout s'explique naturellement. Croyant de bonne foi ranger votre bague dans le tiroir habituel, vous la laissez tomber dans la corbeille d'Opaline. Nul évidemment n'a songé à explorer cette cachette...

— J'étais pourtant certaine...

Ted avait un peu pitié de sa confusion. Dans cette aventure, il fallait bien une victime et la pauvre Irène en faisait les frais. Mais mieux valait être taxée d'étourderie que de perdre un tel joyau.

Pourpre, Irène avait provisoirement perdu son assurance.

— Et toi qui accusais tout le monde! triompha son frère sans indulgence. Tu vois bien qu'il ne faut jamais jurer de rien!

Elle ne savait plus quelle contenance adopter, s'abstint d'entamer une escarmouche, se décida

enfin à prendre la bague que Ted lui offrait.
Presque timidement, elle la mit à son doigt,
effaçant ainsi la trace plus claire qu'avait causé son
absence.

— C'est drôle, murmura-t-elle, troublée. Elle
me paraît encore plus belle qu'avant.

— C'est comme toute chose qu'on croit avoir
définitivement perdue et qu'on retrouve, se hâta de
commenter Ted. Sentiment bien humain. Et la
mémoire est une curieuse mécanique.

Il lui adressa son sourire le plus enchanteur :

— Oublions cet épisode. J'offre le champagne en
l'honneur d'Opaline, involontaire receleuse.

— Excellente idée, mon cher, approuva Danzigier, épanoui. Allons, Irène, ne boude pas contre
ton plaisir.

— Admettons que je me sois affolée un peu trop
vite. Tu as raison, tout est bien ainsi, ne cherchons
pas midi à quatorze heures.

A cet instant précis, Nathalie rencontra le regard
de Ted. Il y eut entre eux transmission de pensée.
Décidément, Ted était un magicien.

Célia surprit cette entente et la colère la reprit.
Elle s'accrocha ferme à son projet de séduction.

« Mon vieux, tu seras obligé de faire attention à
moi si je le veux ! Et après, je te rirai au nez ! »

Cette perspective l'enchantait, atténuant la

bizarre souffrance qu'elle avait ressentie en s'apercevant que Ted s'intéressait à une autre fille.

Les vacances finissaient. Ted n'en était pas
mécontent. Il détestait s'enliser. Beaucoup de
choses étaient rentrées dans l'ordre. Assagi,
Philippe ne sortait presque plus. Serge et Nathalie
se rapprochaient sensiblement. Quant à Paul et
Irène Danzigier, ils ne se disputaient plus. Ou si
peu.

Pour Célia, c'était plus complexe. Ted était
convaincu qu'elle n'était pas amoureuse de Bruno.
« Un garçon standard. On en trouve à la pelle sur
toutes les plages de France et d'ailleurs ! »

Peut-être était-il injuste. Comment démêler la
part de fureur et d'attirance que lui inspirait Célia ?

« Une gamine mal élevée, snobinarde, tête
d'émouchet, incapable d'éprouver un sentiment
profond. Et si jeune... »

Toujours à ce stade de réflexion, il évoquait
Larsenne, auquel il devrait bientôt rendre des
comptes.

Les Danzigier habitaient Saint-Cloud, résidence
Kléber. Avant de se consacrer à la littérature, Paul
Danzigier avait été agent immobilier et s'était

réservé un superbe appartement en duplex au dixième étage, avec terrasse.

Lorsque vint le moment des adieux, après un voyage sans histoire, Danzigier proposa cordialement à leur compagnon de route :

— Mon cher ami, grâce à vous, nous avons passé nos meilleures vacances. Si vous n'êtes pas satisfait de votre appartement et si le cœur vous en dit, je peux vous faire obtenir un magnifique quatre-pièces avec toutes facilités de paiement. Crédit sur vingt ans. Vous êtes jeune. Célibataire, mais pas pour longtemps, j'espère ?

Ted avait oublié de préciser son adresse, faisant allusion à de fréquents déplacements. Il sauta sur l'occasion, car la fragilité des amitiés de vacances ne lui échappait pas, et se répandit en chaleureux remerciements.

— Votre proposition tombe à pic. Justement, je cherchais... Dans quelques jours, je reprendrai contact avec vous.

— Téléphonez quand il vous plaira, le plus tôt possible. Vous serez toujours le bienvenu. Voici ma carte.

Dans le brouhaha du retour, on abrégea les adieux. Célia avait tendu une main languissante. Elle comptait bien employer la tactique du chaud et froid. Tantôt indifférente, tantôt aguichante. N'était-ce pas, croyait-elle, le meilleur moyen de séduire? Ted, qui était déplorablement sûr de lui, allait sans aucun doute se piquer au jeu. Une savante stratégie. Célia ne savait pas encore que Ted était le plus fort et que son inexpérience ne pèserait pas lourd à côté du bouclier qu'il opposait depuis longtemps à toutes les femmes : le cynisme.

Quant à Opaline, en voyant Ted s'éloigner, elle se débattit en jappant entre les bras de sa maîtresse.

« Au moins quelqu'un qui m'aime et me regrette » pensa-t-il avec une pointe de mélancolie.

★ ★ ★

Au fil des habitudes retrouvées, chacun avait repris ses occupations. Chez les Danzigier, unis en apparence, chaque membre avait ses problèmes, son univers personnel. Chacun se « verrouillait » dans sa boîte.

Paul Danzigier se remit donc au travail avec son secrétaire, dont il ne pouvait se passer. A longueur de journée, la machine à écrire crépitait dans un bureau fermé à clef. Denise, la jeune domestique, avait pour consigne stricte de ne jamais troubler le travail du maître. Sous aucun prétexte. L'inspiration était si fragile...

Avec l'enthousiasme des néophytes, Philippe se lança à corps perdu dans le travail, y découvrant

des plaisirs insoupçonnés. Irène, comme à l'accoutumée, remplit ses journées — trop courtes, à son
avis — de bridges, de visites aux couturiers, de
papotages autour d'une tasse de thé. Elle était
toujours accompagnée de son inséparable Opaline.

Nathalie, engagée le temps des vacances, les avait
quittés et Célia en éprouva un soulagement mêlé
d'inquiétude. Ted avait-il l'intention de la revoir ?
Il était bien capable de lui avoir donné rendez-
vous. Comment contrôler, à présent ?

Célia était peut-être la seule à ne pas réintégrer
ses habitudes. Certes, en apparence, rien n'avait
changé. Elle retrouvait les mêmes amis, les mêmes
passe-temps creux. Mais un rouage s'était déréglé
dans le mécanisme de son existence. Etait-elle
malade ? Fallait-il attribuer ce nouvel état d'âme à
sa rupture avec Bruno ?

Car elle avait rompu. Le garçon avait accepté la
chose d'un cœur léger. Les filles ne manquaient
pas. Et il était si jeune, lui aussi. Seul, Paul
Danzigier avait émis quelques reproches. Mais son
influence sur sa fille était si limitée que personne
n'y attacha d'importance.

Célia écoutait les derniers « 33 tours » dans le
désordre de sa chambre parfumée au santal. Parfois, elle se risquait à passer un moment dans une
discothèque avec un copain. Mais le cœur n'y était
plus. Elle mit quelques jours à comprendre pour-

quoi. Elle s'ennuyait de Ted ! Découverte facilement explicable :

« Au moins, avec lui, rien n'était monotone ! On se disputait, ça bougeait, quoi ! »

Un autre garçon, à sa place, aurait téléphoné dès le lendemain. C'est ce qu'elle avait espéré. Etait-ce par indifférence ? Par tactique ? Comment savoir ? Il ne faisait jamais rien comme tout le monde.

Pour apaiser sa fierté, Célia se donnait de faux prétextes. Elle avait juré de séduire Ted, et elle y parviendrait ! Mais, bien entendu, elle ne pouvait pas agir à distance.

S'il ne donnait pas signe de vie à la fin de la semaine, elle ferait les premiers pas. Prétexte : « mon père vous demande si un appartement vous intéresse toujours... » Bref, le blablabla habituel. Ted serait-il dupe ? Tant pis. L'honneur serait sauf.

De son côté, Ted n'était pas resté inactif. Dès son retour, il s'était mis en rapport avec Larsenne.

« Ne me dites rien par téléphone, avait chuchoté Larsenne. Venez me voir demain, vers huit heures. La domestique sera absente. J'espère de bonnes nouvelles ! »

A la fin, les mots avaient grincé. Genre menace.

Après ce bref coup de fil, Ted avait hésité, puis en avait donné un second, beaucoup plus long. Des explications à fournir. Il plaida chaleureusement

pour faire adopter son point de vue, eut finalement
gain de cause, raccrocha, satisfait.

Il se frotta les mains.

« Tout de même, il faudra bien mettre quelque
chose sous la dent de Larsenne! Bah! D'ici demain,
je trouverai! »

Son regard rencontra un miroir et il fronça les
sourcils, perplexe.

« J'ai changé depuis les vacances. On dirait que
je trouve la vie beaucoup plus excitante qu'avant.
Pourquoi? »

Sans penser une seconde qu'il y avait corrélation
entre les deux faits, il prit dans son portefeuille la
carte de visite de Paul Danzigier, et composa un
troisième numéro.

Au coup de sonnette, une jeune domestique à
l'air déluré vint ouvrir.

— Je voudrais voir M. Danzigier, dit Ted.

Comme la jeune personne secouait la tête en
signe de dénégation, la mine embarrassée, il
enchaîna avec un début d'impatience.

— Seriez-vous muette?

— Non, mais je ne dois déranger Monsieur sous
aucun prétexte... et puis, ajouta-t-elle ingénuement,
il n'est pas là.

— C'est vilain de mentir. J'entends sa machine. Laissez-moi entrer! J'ai téléphoné. On m'attend.

— Mais Monsieur travaille! Il n'y est pour personne, défense absolue de le déranger!

— Le mot personne ne me concerne pas. Je suis un vieil ami.

— Je n'oserai jamais vous annoncer! dit la jeune domestique, visiblement terrifiée.

— Cela tombe bien! Je désire faire la surprise. Je m'annoncerai moi-même.

La bousculant et se guidant au bruit, Ted se dirigea sans hésitation vers le bureau sacro-saint de l'écrivain.

« Porte bien gardé. Le secret aussi. Mais peut-être Larsenne s'est-il trompé... »

Imposture ou pas, il en aurait le cœur net.

Arrivé devant la porte du bureau, il leva la main pour frapper, se ravisa, inclina sa haute taille.

« Qui veut la fin veut les moyens, comme ne manquerait pas de dire ce brave Danzigier!

L'œil collé à la serrure, dont, heureusement, aucune clé n'obturait l'accès, il observa le cadre et les personnages.

C'était bien ce qu'il pensait. Les rôles étaient inversés. Les deux hommes n'étaient pas à leur place. C'est Danzigier qui tapait à la machine, pendant que Serge, juché avec désinvolture sur le coin du bureau d'acajou, un feuillet à la main, dictait.

Par le minuscule orifice, Ted distinguait pourtant très nettement l'expression des deux physionomies. Celle de Serge, un peu exaltée, en pleine inspiration. Celle de Danzigier, soumise, presque craintive. L'impression d'assister au jeu des « 7 erreurs ».

Ted se redressa. Il était édifié. Pendant quelques secondes, il considéra la porte close — rideau tombant sur le premier acte de la comédie — puis se décida à frapper. Le crépitement cessa immédiatement. Il y eut un remue-ménage à l'intérieur, puis la silhouette de Danzigier apparut. A la vue de Ted, il ébaucha un sourire crispé qu'il voulait jovial, tendit la main.

— Mon cher, je ne vous attendais pas si tôt ! Au téléphone, vous m'aviez dit...

— J'ai été libéré plus vite que prévu et je vous fais mes excuses. Si je vous dérange...

— Du tout, du tout... Entrez dans mon repaire...

Ted pénétra dans le vaste bureau confortable qui sentait la cigarette blonde. Un cendrier débordait de mégots.

— Je suis vraiment confus de troubler votre inspiration...

— Aucune importance. J'avais justement terminé mon chapitre. Et puis, Serge est fatigué. Sous ma dictée, il a trop tapé. Le pauvre garçon, je l'ai mis à rude épreuve aujourd'hui. Vous êtes libre, mon petit Serge. Fini pour la journée.

Ted capta l'étincelle railleuse dans le regard de Serge. Le secrétaire rangea quelques papiers, la machine à écrire devant laquelle il avait pris place à l'arrivée de Ted.

Echange standard. Puis, sans un mot, Serge quitta la pièce, emportant les notes.

— Asseyez-vous, cher ami, invita Danzigier, s'efforçant de paraître naturel. Alors? Vous êtes-vous facilement réadapté à la vie citadine?

— Il le faut bien. Les vacances ne durent pas toujours. Ce n'est qu'une étape, un excellent moyen de recharger les batteries. Pour un romancier en particulier. J'espère que vous êtes en pleine forme après ce repos?

Ted allongea ses jambes. Négligemment, il s'était emparé d'un feuillet qui traînait sur le bureau, reconnut l'écriture nerveuse de Serge, qu'il avait eu l'occasion d'identifier au cours des vacances, reposa le feuillet.

— Parlez-moi de votre travail. Comme ce doit être passionnant...

Rien ne pouvait être plus désagréable à Danzigier. Aussi resta-t-il muet.

— Allons, pas de fausse modestie. Mon job est bien terre à terre, à côté de la création d'un artiste.

Est-il indiscret de vous demander le sujet de votre prochain livre?

— C'est-à-dire que... Pas indiscret, non, mais prématuré. Je n'ai construit que le canevas... une ébauche... les personnages sont inconsistants, l'intrigue doit être modifiée...

— Merveilleux, l'imagination! Ah! Créer! Jouer au magicien! Où puisez-vous vos sources? Dans la vie courante? Les faits divers? J'aimerais tant comprendre le mécanisme secret qui vous entraîne si loin...

Danzigier, au supplice, suait à grosses gouttes.

— Oui, oui, mais il ne faut pas exagérer. Je ne mérite pas ces éloges. Un écrivain est comme tout le monde...

— Ne soyez pas trop modeste! Je connais le tirage de vos livres.

La gêne de Danzigier s'accentuait. Ted en eut pitié. Cependant, il devait aller jusqu'au bout. Exactement comme un chirurgien qui veut fouiller profondément la plaie pour en extirper le mal.

— Vous êtes secondé par un parfait secrétaire, dit-il sans transition.

— Oui, oui, Serge est très bien. Très dévoué...

— Je me suis aperçu que vous le traitiez comme un véritable ami, plus que comme un simple employé.

— Oui, oui, approuva hâtivement Danzigier,

dont la conversation n'avait jamais été très brillante, mais qui, en ce moment, perdait totalement le fil de ses idées.

Il ressemblait à un gibier traqué. Ted abandonna momentanément l'hallali.

— Aurai-je le plaisir de voir vos enfants ?

— Philippe est à son cours d'anglais. Je ne sais pas ce qu'il a, mais depuis son retour, il bosse comme un nègre.

Ted réprima un sourire. Le mot l'amusait en l'occurrence.

— Quant à Célia, poursuivit Danzigier, les yeux au plafond, Dieu seul sait où elle passe ses journées !

— Vous ne le lui demandez pas ?

Brusquement, le ton était sec.

— Jamais, avoua Danzigier, l'air penaud. Que voulez-vous... Je n'ai jamais eu aucune autorité, et Célia va avoir vingt ans. De nos jours... N'oubliez pas que la majorité est à dix-huit ans, à cette époque qui me dépasse.

— En effet. J'oubliais. Elle paraît si jeune. Au fait, comment va Bruno ?

— Ah ! mon cher, ne me parlez pas des femmes, même en herbe ! Connaissez-vous le dernier caprice de ma fille ?

Ted fit craquer les jointures de ses doigts, une à une. Il gardait le front baissé.

— Elle a rompu ses fiançailles! Tout simplement! Sans raison valable. Vous qui semblez avoir un peu d'influence sur elle, ne pourriez-vous la faire revenir sur sa décision? Ce petit Bruno aurait été un gendre parfait.

— Et un mari?

Danzigier eut un recul gêné.

— Certainement un très bon mari. Ils s'accordaient très bien, avant les vacances. Je ne sais quelle mouche l'a piquée.

— Peut-être aime-t-elle quelqu'un d'autre?

— Si Célia s'est entichée d'un de ces hippies qui ont des cheveux jusqu'aux épaules...

Machinalement, Danzigier frotta son crâne presque dégarni.

— Vous n'y pourriez rien, mon cher, riposta Ted en dépliant ses jambes. Alors, vraiment, vous ne savez pas où elle est?

— Vraiment non, je vous assure. Mais je vous fais une proposition. Si vous êtes libre ce soir, venez dîner avec nous, sans façon. Irène sera ravie.

— J'accepte. A condition que ce soit en toute simplicité. Mes hommages à M<sup>lle</sup> Danzigier. Non, non, ne m'accompagnez pas, je connais le chemin. Je m'en voudrais de troubler une inspiration capricieuse. Bon travail, cher Maître!

Sur cette flèche du Parthe, Ted s'en alla, riant sous cape. Mais au lieu de gagner directement le vestibule, il fit un crochet dans le couloir, repéra la cuisine à ses odeurs légères, aperçut la jeune domestique de tout à l'heure, s'affairant dans l'office.

— Coucou! fit-il en s'approchant sans bruit.

Elle sursauta.

Sans lui laisser le temps de placer une parole, il dit, avec son sourire le plus enjôleur :

— Alors, qui avait raison? Je n'ai pas été croqué par le grand méchant loup, hein?

— Ça alors! Je n'en reviens pas. Monsieur qui...

— N'en parlons plus, trancha-t-il, en sortant son portefeuille et en exhibant ostensiblement quelques billets.

La petite bonne ouvrit des yeux ronds.

— Je parie que vous aimez le cinéma et la danse, dit Ted, le ton engageant.

— Bien sûr. Comment avez-vous deviné?

— Je devine tout. Et les toilettes? Vous les aimez aussi, les toilettes, hein? Dame, pour sortir! L'un ne va pas sans l'autre.

Il tendit les billets, les retint entre le pouce et l'index.

— Et mademoiselle Célia? Connaissez-vous ses goûts et les endroits qu'elle fréquente?

— Je ne sais pas...

Ton réticent.

— Un petit effort, voyons. Ce n'est pas une

indiscrétion, remarquez bien, mais un simple renseignement. Il faut que je voie Célia d'urgence.

Il abandonna les billets.

— Votre amoureux vous trouvera si jolie dans une robe neuve.

Cette fois, c'était gagné. Même si Célia avait donné la consigne, comment résister à de tels arguments ? Surtout dits par Ted.

— M<sup>lle</sup> Célia va presque chaque jour au pub Renault, ou au drugstore des Champs-Elysées.

Un tourbillon, Ted avait disparu.

Entourée d'une bande de copains, à peine discernables les uns des autres avec leur coiffure et leur jean unisexe, Célia écoutait un disque de jazz, quand une sensation ténue, bizarre, qui s'apparentait à l'attraction d'un aimant, lui fit tourner les yeux. L'aimant, c'était le regard appuyé de Ted.

Elle n'eut pas le loisir de se composer une attitude, tant elle était stupéfaite.

— Co... comment êtes-vous là ?

La présence inopinée de Ted brouillait tous ses calculs. Comment improviser de savantes manœuvres en quelques secondes ? Il était dit que ce garçon la surprendrait toujours. Enfin, il était là, alors qu'elle se creusait la cervelle pour le revoir.

N'était-ce pas l'essentiel? Elle n'avait pas perdu la face.

Apparemment très à l'aise, comme toujours, il s'avança. Dieu qu'il était grand. Long comme un jour sans pain, aurait dit sa grand-mère. Pas beau, ça non! Un certain charme, oui, à la rigueur. Elle lui accordait de beaux yeux.

— Le hasard, dit-il.

— Ah! Non! Pas toujours le hasard! Il a bon dos! Dites-moi plutôt qui m'a trahie?

— Personne. Auriez-vous la manie de la persécution? Mettez-vous en doute mon flair proverbial?

L'accent railleur l'électrisa. Aujourd'hui particulièrement, elle se sentait incapable de supporter son ironie. Tout n'allait pas recommencer! Le moyen de séduire un garçon persifleur?

Très chatte, soudain, elle rentra ses griffes.

— Après tout, ça n'a pas d'importance. Approchez plus près.

— Ne suis-je pas un peu... disons déplacé, au milieu de toute cette jeunesse?

— Les drugstores sont à tout le monde et certains habitués ont un âge plus canonique que le vôtre. Regardez autour de vous.

— Je vois surtout une bande de copains qui me lorgnent d'un drôle d'air.

— Mais non, quelle idée! Ils ne font pas attention à nous.

— Qu'écoutiez-vous?

— Un negro spiritual. Vous aimez?

— J'ai des goûts très éclectiques. Tout m'intéresse. Mais si nous allions prendre un pot au bar?
D'accord? Nous bavarderons.

Elle retrouva le souvenir d'un geste autoritaire
qui l'entraînait, crut entendre l'habituel : venez.

Finalement, il dédaigna le bar et opta pour une
table d'angle qui se trouvait libre.

— On se croirait à la Pizza.

— Je constate avec plaisir que vous n'avez pas
oublié cette délicieuse soirée, Célia.

— Oh! Délicieuse... J'emploierais un autre
qualificatif.

— Lequel?

— Déroutante, comme tous nos tête-à-tête. Si
vous n'aviez pas fui la belle brune...

Il posa sa main sur la sienne et elle ne pouvait
discerner si ce contact était agréable ou non.

— Si nous essayions de nous rapprocher?

Tiens, tiens. Son projet s'avérait peut-être plus
facile qu'elle ne l'aurait cru. Mais avec Ted, de
quoi pouvait-on être sûr?

Un geste qu'elle supposait tendre, et puis une
pirouette et l'ambiance n'était plus la même. Non,
avec lui, elle ne savait jamais sur quel pied danser.
Et puis elle aurait voulu prendre l'initiative.

Indécise, elle lui adressa un sourire flou.

— Mais je ne demande pas mieux.

Il appuya sa main. L'impression qu'on la clouait.

— Dans la foule de vos admirateurs, je ne pèse pas lourd, hein?

Elle lui dédia un regard faussement ingénu, comme seules savent le faire les femmes, même les plus innocentes.

— Mais vous n'êtes pas un de mes admirateurs, Ted? Ou alors, vous cachez bien votre jeu.

— Vous êtes très jolie, et j'aime la beauté.

— C'est pour cela que vous me dévisagez avec cette insistance? Ai-je une verrue sur le bout du nez?

— Bien sûr que non. Votre nez est ravissant. J'essayais de comparer deux images, de les juxtaposer. La Célia des vacances, et la Célia parisienne.

— La différence?

— Au hâle près, pas grand-chose, si ce n'est...

Il laissa intentionnellement traîner sa phrase.

— Si ce n'est quoi?

D'un geste familier, il fit claquer ses doigts.

— Après tout, ce n'est peut-être qu'une impression.

Il commanda deux jus de fruits. Enervée, distraite, elle approuva. Que lui importait.

Quand le garçon s'éloigna...

— Quelle impression? Parlez, vous en avez trop dit.

— Eh bien, je vous trouve mieux. Plus détendue. Plus grave aussi. Comme s'il s'était passé un important événement dans votre vie. Vous faites moins gosse. Mais parfois, je suis mauvais psychologue.

— Non, vous avez raison. Bah! Une fois n'est pas coutume. Et je vais vous en dire la cause : j'ai rompu avec Bruno.

— Je présume qu'il doit se morfondre de désespoir?

— Là, vous déraillez. Mais inutile de faire de l'ironie et vous le savez parfaitement bien. Vous aviez encore raison, il n'a jamais existé d'amour entre Bruno et moi. Un copain, un flirt. Rien de sérieux.

— Ah! Ah!

— Pourquoi faites-vous « ah! ah! » avec cet air de vieux censeur qui a prévu ce qui arriverait?

— Prévu, c'est beaucoup dire. N'exagérons pas.

— Bref, vous êtes content?

— Content de quoi?

— Mais d'avoir vu juste! Et peut-être d'avoir réussi à nous séparer!

— Si cela était — ce n'est qu'une supposition —, m'en voudriez-vous?

— Je ne sais pas... De toute façon, vous êtes un garçon drôlement compliqué, Ted. Pour deviner le vrai mobile qui vous fait agir...

— Encore une erreur. Aucune nature n'est plus simple que la mienne. Je ne rêve que parcourir les routes et dormir à la belle étoile, loin des pollutions, nuisances et compagnie.

Elle l'étudia quelques instants, avec un petit sourire crispé.

— Un conseil en vaut un autre : c'est vous qui devriez songer au mariage. Si vous attendez trop, vous finirez par rester vieux garçon.

— Rectificatif : célibataire. Et je ne m'en porterai pas plus mal.

Cette fois, il marquait un avantage. Célia se creusait la tête pour attaquer une séance de séduction relativement plausible, quand Ted questionna tout à coup :

— Connaissez-vous un dénommé Larsenne? Henri Larsenne.

— Oui, je crois m'en souvenir. C'est un vieil ami de mon père. Il venait souvent nous voir, quand j'étais petite. Et puis il a espacé ses visites. Depuis deux ans, on ne l'a plus revu. Mais pourquoi me parlez-vous de lui?

— Pour rien. Oubliez ma question.

A vrai dire, il regrettait de l'avoir posée. Célia était trop jeune pour se défendre. Malgré ses allures affranchies, comme beaucoup de filles de sa génération, elle restait très pure. Innocente, il l'eût parié. Parfois, des images sordides l'agressaient. Larsenne penché vers Célia, posant sa longue main froide sur la chair tendre.

— Vous avez la mine de quelqu'un qui veut mordre, fit remarquer Célia.

Il parvint à se dominer.

— Mordre, non. Manger, peut-être. J'espère que vous n'avez rien prévu, pour ce soir?

— Parce que vous m'invitez à dîner? Si c'est une soirée comme à la Pizza...

— C'est vous qui m'invitez.

Sans lui laisser le temps de marquer sa surprise, il lui apprit, désinvolte :

— Je dîne chez vous. Votre père et moi, nous sympathisons.

— Vous appréciez sa conversation?

Il capta la nuance d'inquiétude qu'elle s'efforçait pourtant de dissimuler, comprit à demi-mot.

— Un écrivain aime parfois se relaxer entre intimes, réservant ses envolées pour ses bouquins, dit-il charitablement.

— Vous avez remarqué aussi?

— Remarqué quoi? demanda-t-il avec une douceur inusitée.

— Que... que mon père ne correspondait pas à son personnage? Je veux dire...

— Inutile. Je comprends très bien, Célia.

Changeant de ton, il dit gaiement :

— Donc, ce soir, je me réjouis d'être des vôtres.
Car vous n'allez pas me faire faux bond?

— Rassurez-vous, j'assisterai aux agapes fami-
liales. Mais qu'est-ce qui vous rend si joyeux? La
perspective de revoir Nathalie?

Question perfide. Ted ignorait-il que Nathalie
était partie? Ou bien la rencontrait-il ailleurs?

C'est en vain qu'elle tenta de lire sur le visage de
Ted. Un rien le modifiait, ce visage. Froncement
de sourcils, pli d'un sourire, éclat de l'œil, qui
changeait de couleur selon l'humeur.

Voix sèche, elle l'informa, guettant sa réaction :

— Je vous préviens charitablement que vous ne
la verrez pas, car elle nous a quittés.

Petit temps d'arrêt.

— Contrarié?

— Pas du tout. Car si j'avais besoin de revoir
cette jeune fille, ce serait facile. Elle m'a laissé son
adresse.

Dépitée, Célia ne put s'empêcher de placer une
phrase bien féminine.

— Je me demande bien pourquoi elle vous plaît
tant!

— Ai-je dit qu'elle me plaisait? protesta-t-il,
arquant les sourcils.

— Non, mais c'est tout comme. Vous l'avez
assez montré.

Célia pensait à la scène surprise de sa fenêtre.

— Elle aussi, elle vous faisait des ronds de jambes !

Cette fois, il éclata de rire.

— Les femmes, toutes les mêmes ! Ah ! La jalousie ! Si encore vous étiez amoureuse de moi, je comprendrais !

Il fit semblant de ne pas voir son embarras.

— Mais de la jalousie à l'état pur ! Allons, Célia, vous n'avez rien à envier à Nathalie, car vous êtes ravissante et vous ne le savez que trop.

— Le premier vrai compliment ! Il faut marquer ce jour d'une pierre blanche.

— Alors, toquons nos verres.

Il but le sien d'un trait.

— Nathalie m'intéresse, voilà tout.

— En quoi ?

— Sur le plan psychologique. Mais je ne vous en dirai pas davantage, même si vous vous mettiez à genoux pour me supplier.

Escarmouches. Pourquoi ne pouvait-elle se retenir de riposter, de l'égratigner, alors qu'elle s'était promis de l'amadouer ?

— Voilà que nous recommençons à nous disputer. C'est plus fort que moi...

— On a bien du mal à se passer d'une mauvaise habitude, soupira Ted, faussement contrarié.

— Exactement ce que je pensais, en vous voyant arriver tout à l'heure.

Brusquement, elle perdait pied. A côté de Ted, mesurait sa jeunesse, son inexpérience. Quoi qu'elle entreprenne, elle serait la plus faible. Pas de taille à lutter avec lui. Combat inégal.

Sous les airs nonchalants et narquois qu'il affichait parfois, elle sentait en lui une force dure, une volonté de fer. Le séduire pour l'avoir à sa merci? N'était-ce pas un but voué d'avance à l'échec? Qui pouvait vraiment l'émouvoir? Le peiner? Lui faire perdre son solide équilibre?

Il y avait des moments où elle le détestait. D'autres où il lui manquait. Allez donc savoir pourquoi. Un peu comme un piment. Quand on y est habitué, tout semble fade. Et puis, subsistait toujours cette crainte vague, qui n'arrivait pas à disparaître. L'attirance venait peut-être de là? Peur, oui, et aussi confiance. Sensation de protection. Comment y voir clair, dans ces contradictions?

— Rêveuse, Célia?

Voix douce. Mais il ne fallait pas s'y fier.

— Franchement, comment me trouvez-vous?

— Si c'est votre physique qui vous préoccupe, soyez rassurée. D'ailleurs, je vous l'ai déjà dit. Vous êtes ravissante, Célia.

— Plus que Nathalie? insista-t-elle, coquette.

— Différente.

— Vous ne vous compromettez pas. C'est ce qui s'appelle ménager la chèvre et le chou.

— Vous êtes adorable! Faut-il un haut-parleur pour vous le crier? Oui, malgré vos mille défauts, adorable! Vanité satisfaite?

— Vous pourriez commencer par énumérer mes mille défauts!

— On fait la paix?

A nouveau, sa grande main enveloppa la sienne, lui communiquant une sensation d'intense chaleur.

— Comme si vous aviez besoin de mon opinion, Célia. Vous avez des miroirs... et Bruno est un crétin.

D'un coup sec, il retira sa main. En une volte-face coutumière, il s'était repris.

— Bon. Après cet épuisant effort de galanterie, je file, car je suis pressé. Savez-vous où habite Serge?

— Oui. Rue Saint-Séverin, un petit studio, au 22. Dernier étage.

— Merci. Il mène une vie plutôt agréable, ce jeune homme.

— Mon père prétend qu'il est indispensable, tante Irène n'est pas de son avis, mais tout ça, ce sont des histoires qui ne me regardent pas.

— Vous raisonnez comme une enfant que vous êtes encore. Un don merveilleux, la jeunesse. Mais qui passe si vite. Dommage qu'on sache si mal l'utiliser. Non, non, ne me servez pas encore un proverbe pour illustrer mes paroles. D'ailleurs, elles sont stupides.

Il approcha la main de la chevelure qui gardait des traces de soleil.

— Dans quel clan me classez-vous, moi qui n'ai ni l'âge de votre père, ni celui de vos camarades? A vous de répondre, maintenant. Je réclame de la franchise.

Elle eut un indéfinissable sourire.

— Catégorie à part, Ted.

Quand il se leva, elle trouva que son allure de cow-boy était une originalité. Très grand, trop peut-être, presque maigre, mais de cette maigreur de loup, racée et vigoureuse. Du muscle. Pas un pouce de graisse.

— Exact. Dix sur dix. Hors série. Au revoir, Célia. A ce soir...

Se frayant aisément un passage parmi la foule, dense à cette heure, il s'éloigna à grandes enjambées. Longtemps, le regard pensif de Célia l'accompagna, restant fixé sur l'endroit où il avait disparu.

\*\*\*

Serge s'arrêta d'écrire, car on cognait à la porte. La sonnette ne fonctionnait pas. En hâte, il rassembla ses papiers épars, les fourra dans une chemise, alla ouvrir, fut contrarié en reconnaissant le visiteur. « Le gêneur », pensa-t-il.

— Bonjour. Vous désirez?

— Vous parler, répondit Ted sur le même ton rogue.

Il entra délibérément, avec son sans-gêne coutumier, promena un regard scrutateur autour de lui, pour enregistrer tous les détails.

Phrase banale :

— C'est gentil, chez vous.

— Le seul mérite de cet endroit, c'est que c'est, en effet, chez moi.

Paroles d'amertume, comme toujours.

« Tête de pioche! Aussi orgueilleux que Nathalie! » Deux êtres faits pour s'écorcher ou pour s'entendre.

Ted pivota sur ses talons.

— Cela signifierait-il que vous me prenez pour un raseur?

— Prenez-le comme vous voudrez.

Les deux hommes s'affrontèrent. Dans les yeux clairs de Ted, à la limite de la transparence, se lisait une froide détermination.

« Quel boulot d'être le mercenaire du diable... »

— On n'est jamais indiscret quand on se mêle de rétablir l'équilibre des choses.

— Que voulez-vous dire?

Le ton restait sec, mais Serge avait cillé. Ted ne perdait pas un jeu de sa physionomie.

— Vous me comprenez très bien. Inutile de continuer à tricher. Avec moi, ça ne prend pas.

Ted se caressa le nez d'un air pensif.

— De petits faits ont commencé à me mettre la puce à l'oreille. Une indiscrétion m'avait averti. Peu à peu, le doute est devenu certitude. A présent, je connais la vérité.

— Quelle vérité?

— Mais il n'y en a qu'une, mon vieux.

Le jeune secrétaire avait pâli. Il perdait son assurance.

— Je... je ne vois toujours pas.

Il avait reculé, comme le plus faible des escrimeurs.

— Si vous préférez jouer les ignorants... dit Ted en attirant une chaise et en s'y installant à califourchon. Libre à vous, mais c'est idiot et surtout ça ne peut pas durer toujours.

Bras croisés sur le dossier, regard aigu, il observait Serge qui, après une courte hésitation, l'avait imité. Deux chiens de faïence.

— Expliquez-vous, commença Serge d'un ton mal assuré. Tous vos discours m'échappent.

— Votre attitude prouve le contraire. Oh! que si, vous comprenez! Mais nous perdons du temps. Droit au but, c'est ma devise.

— On ne le dirait pas, répliqua l'autre avec une insolence retrouvée. Depuis un quart d'heure, vous tournez autour du pot.

— Attendez, j'arrive aux précisions !

— J'imagine que vous êtes incapable de me les fournir !

— Pour un romancier, vous imaginez mal !

Le mot porta. Serge donnait l'impression d'avoir reçu une gifle. Pourtant, il essaya de réagir.

— Moi, romancier ? Vous plaisantez. Mes fonctions sont beaucoup plus modestes.

— En apparence. Ah ! les apparences ! Je m'en méfie comme de la peste. Ecoutez-moi !

La voix tonnait.

— Avant d'entrer l'autre jour dans le bureau de Danzigier, j'ai vu que c'était lui qui tapait à la machine sous votre dictée ! Par le trou de la serrure ! A mon arrivée, on interverti les places ! Vrai ou faux ?

— Cela ne veut rien dire.

— Quel entêté ! Sur quel air faut-il vous le chanter ? Je sais qu'entre le patron et le secrétaire, les rôles sont inversés ! Danzigier signe, mais c'est vous qui écrivez ! On appelle cela un « nègre », en littérature. Le nierez-vous, à présent ?

— Et après ? s'écria Serge avec violence. C'est mon droit, non ? Si je gagne ma vie en faisant le

« nègre », comme vous dites, de quel droit vous
mêlez-vous de mes affaires ?

Un instant désarçonné, Ted répondit ferme-
ment :

— Du droit du juste qui dénonce une tricherie.
Car au fond, c'est bien tromper les lecteurs, hein ?

— Vous m'accusez, dit Serge avec amertume,
mais le vrai tricheur, ce n'est pas moi.

— Vous trichez tous les deux.

Ted rapprocha son siège de celui de Serge. Dans
cette position, ils étaient presque visage contre
visage.

— Maintenant, mon petit Serge, vous allez me
dire pourquoi.

— Je vous l'ai déjà dit. Gagner ma vie.

— Vous pouvez la gagner autrement, et mieux,
en écrivant sous votre nom.

— Si vous croyez que c'est facile de se faire un
nom, quand on est jeune et inconnu. Il faut vivre
en attendant le fameux best-seller...

Le raisonnement était plausible. Mais Ted ne
l'acceptait pas. Il flairait un autre motif.

— Vous êtes jeune, et vous raisonnez comme un
raté aigri qui se contente de miettes. L'apanage de
la jeunesse, c'est la lutte, l'ambition ! Passe pour le
type qui n'a pas réussi, de rester à l'ombre de la
réussite des autres, mais vous ! Il y a là un mystère
qui m'échappe et vous allez me l'expliquer !

Il fit peser sa main sur l'épaule du jeune homme.

— Ecoutez, vieux. J'ai peut-être des méthodes un peu brusques, mais c'est mon caractère. Je veux vous aider malgré tout. Allez-y. Laissez-vous aller. On ne peut pas toujours vivre en désaccord permanent avec la société. Faites-moi confiance, après vous serez délivré...

— Si je parle...

Serge n'acheva pas sa phrase, mais elle était suffisamment explicite.

— Vous craignez la réaction de Danzigier? Ne vous en faites pas.

Tour à tour, Serge prenait une décision, y renonçait. Il secoua la tête, la mine sombre. Ton découragé.

— Vous ne pouvez pas comprendre. Il ne suffit pas d'avoir du talent. Un nom célèbre est le meilleur tremplin.

— Le vrai talent finit toujours par s'imposer. Serge, je veux le secret de la chaîne qui vous lie... Par quel moyen Danzigier vous fait-il chanter?

Comme piqué par une guêpe, Serge sursauta. Mais il était acculé et le savait. Tôt ou tard, ce sacré Ted apprendrait la vérité. Il capitulait.

— J'ai volé. Danzigier m'a surpris et j'ai signé ma confession.

— Les détails. Racontez.

— Il y a trois ans, j'entrai au service de

Danzigier, écrivain dont la cote montait. A l'époque, il avait publié un bouquin qui eut un certain succès.

— Hum! C'est bien lui qui l'avait écrit, au moins?

— Oui. Au début, Danzigier avait un certain talent. Mais, par la suite, il a fait une dépression nerveuse qui lui a laissé des séquelles. De l'ámnésie. Coup dur pour un romancier. Il était devenu incapable d'aligner deux idées, de mettre sur pied une intrigue cohérente. J'étais très jeune. Il me demandait conseil, sous des airs détachés. De timides suggestions qu'il s'empressait d'accepter. Puis il s'est mis à exploiter mes idées. Peu à peu, je prenais en quelque sorte le relais. Nul ne s'en doutait parmi son entourage. J'ai écrit quelques chapitres. Comme un sot, j'étais fier. Un jour...

D'un revers de main, Serge balaya son front moite.

— Un jour, je lui ai soumis un manuscrit, anxieux de connaître son avis. L'avis du Maître...

Sourire amer. Ted enchaîna :

— Et il l'a fait paraître sous son nom. C'est ça?

— Oui.

— Pourquoi n'avez-vous pas protesté? Il était facile de dénoncer la supercherie.

— Non. Car entre-temps, j'avais... soustrait quelques billets qui traînaient au fond d'un tiroir.

Par la suite, d'ailleurs, je me suis dit qu'il l'avait fait exprès, pour me tenter. Affolé, honteux d'être surpris en flagrant délit, j'ai signé tout ce qu'il a voulu, c'est-à-dire ma confession. En possession de ce document, il affirmait qu'il pouvait me faire mettre en prison pour plusieurs années, que mon avenir était perdu. Pour compenser sa soi-disant générosité, il exigea que j'écrive à sa place, m'affirmant que je n'y perdrais rien, car il me paierait largement. Bref, depuis des années, j'écris et Danzigier signe.

Lentement, Ted déplia ses longs doigts.

— Ce n'est pas joli-joli, apprécia-t-il. Il faut y remédier.

— Qu'allez-vous faire? questionna anxieusement Serge.

— Remettre chacun à sa vraie place, avec la leçon qu'il mérite. Je me charge de Danzigier. Entre parenthèses, ce cher homme a exagéré les représailles. Quant à vous, je veux vous faire passer à jamais l'envie de jouer les Cyrano. Vous sentez-vous de taille à entreprendre la lutte?

— Oui... je crois.

Ted fit quelques pas dans la pièce, revint se planter devant son interlocuteur. D'une voix brusque, pour cacher son émotion, il demanda :

— Nathalie. Qu'est-elle pour vous?

Serge avait définitivement perdu son arrogance. Il se sentait léger. Comme neuf.

— Nous nous aimons. Mais elle a le même fichu caractère que moi et refusera mon aide pour continuer ses études.

— Pour Danzigier, est-elle au courant?

— Elle sait que je travaille pour lui. Pas que je l'ai volé.

— Vous le lui direz un jour, en choisissant vous-même le moment propice. Il ne faut jamais rien cacher à ceux qu'on aime. Et comme vous ne recommencerez jamais plus, elle vous pardonnera. On pardonne toujours. Et seule Nathalie peut vous absoudre.

Un silence. Les deux hommes s'observaient.

— Un dernier conseil, Serge : mariez-vous le plus vite possible. A deux, la bataille est gagnée d'avance. Et puis vous aurez votre muse à domicile. Tous les avantages. Oh! A propos, pour les difficultés matérielles... J'allais oublier. C'est le premier sourire de la chance...

Comme si c'était la chose la plus insignifiante du monde, un détail qu'il avait failli oublier, Ted fourragea dans sa poche tout en grognant :

— J'ai gagné ça à un concours. Je n'y pensais même plus. Mais où donc l'ai-je fourré? Ah! Le voilà... Tenez.

Large sourire.

Surpris, Serge regarda le papier tendu.

— Qu'est-ce que c'est?

— Une bourse, destinée à une étudiante, pour lui permettre de poursuivre ses études. A mon âge, moi, je n'en ai rien à fiche. Il y a belle lurette qu'elles sont finies, mes études.

— Mais c'est un chèque! s'exclama Serge en approfondissant son examen.

— Bien entendu! Que voulez-vous que ce soit? Je crois avoir compris que c'était même un chèque mensuel. Chaque fin de mois, Nathalie recevra une somme destinée à couvrir tous ses frais jusqu'à la fin de ses études. Pas mal, hein? Comme ça, le problème d'argent se trouve résolu. Et puisque le mécène se nomme hasard, Nathalie ne pourra pas refuser.

Serge prit le chèque et ses yeux s'arrondirent de stupéfaction.

Ted se mit à rire. De ce grand rire fort comme le vent, franc comme une main tendue, et exceptionnellement exempt d'ironie.

— Le concours ayant été organisé par un richissime philanthrope, ne vous étonnez pas du montant des mensualités. Cet original a prévu largement. Et je précise à nouveau : jusqu'à la fin des études commencées.

— Mais je ne peux accepter! C'est trop!

— Et si vous avez un enfant? N'oubliez pas que

vous redevenez un débutant, malgré les romans que vous avez fait paraître sous le nom de Danzigier. Quand vous serez célèbre, à votre tour, vous aiderez un étudiant pauvre. Le donateur y tient beaucoup. Là encore, je vous fais confiance. L'avenir me prouvera que j'ai raison. En principe, j'ai la conviction de ne jamais me tromper.

Serge avait pris le chèque. Il regarda longuement le visage sec et dur, où les prunelles de jade brillaient d'une étrange douceur.

— Vous êtes un chic type, monsieur Davis, dit-il simplement.

— Ce n'est malheureusement pas l'avis de tout le monde, soupira Ted en lui rendant son sourire.

Il pleuvait. La pluie cinglait les vitres. Les ombres pénétraient dans le vaste salon où Henri Larsenne, les mains courant mollement sur le clavier d'ivoire, cherchait une mélodie à l'image de son état d'âme. Il était nerveux, tour à tour désolé et plein d'espérance. Avait-il eu raison de faire confiance à cet homme?

Il tressaillit soudain au timbre de la porte d'entrée. Cela lui rappela une autre scène, vieille de cent ans ou d'une minute. Le temps, pour lui, avait perdu tout relief.

Son pas martela les dalles du vestibule. Il ouvrit.
Oui, le temps faisait un pas en arrière. Même haute
silhouette se découpant sur fond de nuit. Mais,
cette fois, le visiteur du soir était attendu. Ce n'était
pas un blessé anonyme, mais un messager forte-
ment espéré.

— Entrez, invita brièvement Larsenne, sans
autre formule d'accueil.

Les deux hommes s'enfermèrent dans la bibliothèque, feutrée, à peine éclairée, propice aux
confidences, aux secrets. Une atmosphère de cons-
piration.

— Alors? attaqua Larsenne.

Ses yeux étincelaient. Il réprimait avec peine le
tremblement de ses mains, de ses lèvres, aussi, qui
se communiquait au menton.

En revanche, son interlocuteur paraissait très
détendu. En apparence seulement. Car la partie
s'annonçait rude. Plus que rude. Subtile. La ruse
s'avérait plus nécessaire que la force. Le plus léger
faux-pas, et tout était perdu. L'impression d'être
un funambule qui traverse un précipice hérissé de
pointes sur la plus fragile des cordes.

— Une seconde, laissez-moi reprendre souffle,
mon cher.

— Je n'ai que trop attendu! Et puis ne m'appe-
lez pas mon cher. Je sais ce que vous valez. Ne
confondons pas.

— A votre aise. Je ne suis pas susceptible.

— Trêve de paroles. Des résultats !

Pour faire enrager l'adversaire, Ted prit le temps d'allumer posément une cigarette. Attitude décontractée qui était la preuve d'un grand effort de volonté. En réalité, il appréhendait l'affrontement. Un individu de ce genre lui causait un malaise. La bagarre ne lui avait jamais fait peur. Le danger ne l'avait jamais fait reculer. Mais se mesurer avec un type comme Larsenne, à la limite de la folie !

Soufflant délibérément un jet de fumée bleue, il se décida.

— Voici mon rapport. Aucun résultat satisfaisant en ce qui concerne les éléments mâles de la famille. La matière grise de Danzigier a normalement fonctionné. Mais réjouissez-vous quand même, car elle n'est pas inépuisable et l'inspiration est sujette à d'étranges variations. Danzigier se sent vieillir, et abandonne la littérature au profit de l'immobilier. Même fiasco avec Philippe. Il bûche avec ardeur et sa conduite est irréprochable. En somme, il a passé sans trop de dommage le cap de l'adolescence. Navré. Pas la plus petite peccadille à lui reprocher.

La figure de Larsenne se crispa de fureur.

— Vous vous imaginez peut-être que je vous ai offert des vacances dans un palace de la Côte pour m'entendre dire cela ?

— Je ne peux pourtant pas inventer ce qui n'existe pas, uniquement pour vous faire plaisir! Pas ça, je vous dis!

Ted fit claquer son ongle contre sa dent, histoire de planter une banderille.

— Mais si, justement! Vous deviez inventer! Je vous avais payé pour susciter le scandale! Je vous avais donné carte blanche! La nature humaine étant foncièrement mauvaise, on trouve toujours l'occasion de perdre quelqu'un, en misant sur ses défauts!

Larsenne ne se contrôlait plus, écumait de fureur.

— A la rigueur, pour Danzigier, la calomnie aurait suffi, à défaut de preuves tangibles. Vous connaissez le proverbe : pas de fumée sans feu. Je vous avais jugé plus adroit! Mais je n'ai pas l'habitude de...

— Payer les gens à ne rien faire, vous me l'avez déjà servi.

— Et je vous le répète! Vous êtes entre mes mains, ne l'oubliez pas. Un simple coup de téléphone à la police et vous serez moins fier!

— Le chantage est décidément un moyen très pratiqué de nos jours, observa Ted sans s'émouvoir. Mais quand on l'exerce, il faut réfléchir! Comment expliqueriez-vous aux flics que vous avez attendu aussi longtemps pour me dénoncer?

— Si vous manquez d'imagination, grinça l'autre, j'en possède pour deux. Je leur monterai une fable très crédible. Je n'admets pas l'échec, entendez-vous? Je ne l'admets pas!

Quand il jugea le moment favorable, Ted coupa froidement :

— D'accord, je n'ai pas réussi pour ces deux-là. Mais j'ai quand même enregistré une victoire, la plus importante à ce que j'ai cru comprendre.

Toute colère tombée, frémissant, Larsenne articula :

— Laquelle?

— Ce que je vous avais fait pressentir est arrivé. Célia a rompu ses fiançailles. Le mariage est dans le lac.

Quand on prononçait le nom de Célia, Larsenne avait la sensation qu'on lui décochait une flèche, ou qu'on lui prélevait une parcelle de chair à l'aide d'un scalpel. C'était en même temps une joie et une douleur. En tout cas, une formule magique, qui brisait ses pensées, cristallisait tous ses élans.

— Elle n'épouse pas Bruno... murmura-t-il, le regard lointain.

Certes, il ne s'illusionnait pas. Célia était jeune et ravissante. Après Bruno, un autre viendrait. D'autres, qu'il faudrait à leur tour neutraliser. Etre sans cesse sur la brèche. Se battre contre des dangers qui repousseraient comme de mauvaises herbes. Danger après danger... Il parviendrait au but!

« Elle sera ma femme. Jamais celle d'un autre! »

Déjà, un plan machiavélique se formait dans son esprit surexcité, malade. Si les philtres d'amour avaient existé...

Pour réaliser son plan, il avait besoin d'un complice. Il ne devait donc pas braquer Ted.

— Vous auriez pu m'en informer avant. En effet, c'est une bonne nouvelle.

— Il faut toujours garder les bonnes nouvelles pour la fin.

— N'en parlons plus. Expliquez-moi comment vous avez procédé.

Les poings crispés au fond des poches, Ted avait de plus en plus de peine à se dominer. Il sentait grandir en lui une de ces légendaires et rares colères, qui avaient le don de terrifier son entourage. Colère qui n'était que la soupape de son habituel self-contrôle.

— Je dois avouer que je n'ai pas eu grand mérite à les séparer, répondit-il en détachant bien ses mots. Car ils ne s'aimaient pas.

Il écrasa sa cigarette sur le premier objet qui se présenta à lui, en l'occurrence le marbre d'un guéridon.

— Bruno était beaucoup trop jeune pour elle.

Sans le vouloir, il venait de faire plaisir à l'ennemi.

— C'est l'évidence même! Ce qu'il faut à Célia, c'est un homme d'expérience, qui la gâtera, lui passera tous ses caprices. Malgré la différence d'âge, il n'est pas impossible qu'elle parvienne à l'aimer, avec le temps...

— Est-ce là tout le mal que vous lui souhaitez?

Larsenne ne répondit pas.

— Quels sont vos ordres, à présent? interrogea Ted sans insister. Avez-vous encore besoin de mes services?

Un coup de poker. Calme en surface, il attendit.

Larsenne réfléchissait. Comment se servir de Ted et l'éliminer par la suite, une fois le résultat obtenu? Il ne fallait laisser aucun témoin, aucune trace. Certes, c'était un voyou. Mais un voyou intelligent. A partir de maintenant, il fallait jouer serré, sans commettre d'erreur. Célia était provisoirement libre. Il l'imaginait dolente, assagie par la récente rupture, vulnérable. Jamais il ne retrouverait une pareille occasion. Et puis il flanchait. Quel cruel supplice que l'attente, pour un homme dévoré de passion...

Des images affolantes naissaient sous ses paupières. Célia... Si pure, si belle. Tant pis! Il allait risquer le tout pour le tout! Jeter sa vie dans la balance. Son destin s'orientait vers un terrible pile ou face.

Son esprit pervers et tourmenté n'entrevoyait même pas les conséquences de son projet insensé.

— Vous allez suivre mes instructions point par point, dit-il calmement.

— Entendu.

De crainte de se trahir, Ted se contraignait à répondre le plus brièvement possible. Il avait peur de sa voix. Sa haine pour Larsenne lui giclait par les pores. Tendu vers son idée fixe, heureusement, Larsenne ne s'en apercevait pas.

— Une question : j'espère que vous avez au moins su gagner la confiance de Célia ?

— Oui.

— Alors, tout est bien. Vous allez lui proposer une sortie. Plus exactement une promenade en voiture.

Ted acquiesça d'un signe de tête. Il ne perdait pas une expression, un jeu de physionomie. Un sourire mince flottait sur la bouche de Larsenne, mais ce sourire était plus inquiétant que sa fureur passée.

— Suivez-moi très attentivement. A partir de demain, le moindre détail a son importance. Une dernière fois, je vous fais confiance, car votre rôle exige du tact, du flair, voire de l'initiative. Sous un prétexte quelconque, il faut que vous atti-

riez Célia dans un endroit isolé, que nous aurons
déterminé à l'avance. Cela sans l'effaroucher, bien
entendu. Je me charge du reste. Vous pensez
réussir sans difficulté majeure?

— Pourquoi pas? Vous savez, de nos jours, les
filles sont évoluées.

Larsenne se crispa de nouveau.

— Qu'entendez-vous par là?

— Je dis que pour conduire une jeune fille
dans un endroit isolé, il faut qu'elle soit consentante, à moins de la ficeler pour l'enlever. Or, pour
qu'elle accepte de suivre un garçon dans une
maison à la campagne, il faut qu'il lui plaise.

La réaction fut immédiate.

— Je vous interdis de... parler ainsi! Si vous
aviez le malheur d'entreprendre le moindre flirt,
d'avoir le moindre geste déplacé...

« Surtout, ne pas braquer l'adversaire... »

— Je plaisantais, naturellement. Entre cette
jeune fille et moi, il n'y a rien qu'une simple
camaraderie de vacances.

— Je l'espère.

Tous deux se maîtrisaient. En étaient-ils cons-
cients? C'était un duel serré, où chaque coup
réclamait calme et réflexion.

— Mon plan vous paraît-il facile? insista Larsenne, en disséquant le visage hermétique de son
vis-à-vis dans l'espoir d'y lire un sentiment quel-

conque, au pire une réticence, qui l'aurait alerté.
Mais le visage de Ted restait fermé comme une
trappe.

« Curieux garçon. Dur comme un silex. Au fond,
je ne pouvais pas mieux tomber... »

— Plausible, laissa tomber Ted, en essuyant
discrètement la sueur qui poissait ses paumes.

— Nous allons donc fixer une date précise, une
heure et un endroit. Laissez-moi réfléchir...

Larsenne avait pris un air satisfait, en s'abîmant
dans une profonde méditation. Sans en attendre le
résultat, Ted suggéra :

— Que diriez-vous d'une maison de campagne à
une centaine de kilomètres de Paris ? Un site désert
à souhait. Idéal pour enlèvement et séquestration.

Larsenne fronça des sourcils méfiants.

— Où est-ce ?

— Près de Dreux. C'est une sorte de gentilhom-
mière tout à fait isolée. Pas un voisin. Inhabitée
depuis longtemps.

— Vous en êtes certain ? Il faut toujours craindre
un retour imprévu.

Ted ricana.

— J'ai veillé personnellement à cette éventualité.
Rassurez-vous. Elle ne se produira pas. J'ai...
disons neutralisé le vieux couple qui l'habitait.

— Dans quel but ?

— Dans la vie, on ne sait jamais. Une retraite

sûre est souvent bien utile. L'expérience me prouve que j'ai eu raison. Sous mes dehors risque-tout, je suis un homme de précautions, vous savez.

— Mon intention était de louer un pavillon, ergota Larsenne, indécis.

Ted haussa les épaules.

— Comme vous voulez. C'est vous qui commandez, après tout. Mais ce genre de transaction laisse des traces, pour plus tard. On ne sait jamais. Moi, je disais ça pour vous rendre service...

Le bluff est parfois payant. Comme au poker.

Larsenne, une fois encore, étudia le maigre visage où errait la lueur indéchiffrable des yeux clairs.

— Entendu. Je me fie à vous.

Au fond, cette solution l'arrangeait. Si les choses tournaient mal, il pourrait faire retomber l'accusation sur Ted, puisque c'était lui qui s'occupait de la maison.

Son esprit tourmenté, porté aux extrêmes, envisageait déjà l'aspect théâtral de la question. Pourquoi ne ferait-il pas figure de sauveur, en apparaissant au dernier moment et en feignant de délivrer Célia? Pour faire taire toute protestation de la part de Ted, il le tuerait d'un coup de revolver, prétendant par la suite avoir tiré en état de légitime défense!

Excellent scénario dont il se délectait à l'avance.

Une fille est toujours sensible aux justiciers. Sa bravoure ferait oublier les années qui les séparaient.

Il n'avait rien à perdre en adoptant cette solution. C'était Ted qui en assumait tous les risques. L'imbécile, qui se fourrait dans la gueule du loup! Fallait-il qu'il soit vénal.

Comme s'il devinait ses pensées, Ted précisa :

— Bien entendu, ce supplément au programme constitue des frais.

— D'accord, je sais reconnaître largement les services rendus. Vous serez payé, et bien. Voilà donc ce que vous allez faire...

Il se pencha, comme s'il risquait d'être entendu. Sa voix n'était plus qu'un murmure.

— Indiquez-moi l'emplacement précis. Convenons d'une heure. Et suivez mes instructions à la lettre. La réussite m'importe plus que la vie...

En quittant Larsenne, Ted rongeait son frein. Il pensait intensément aux Danzigier. N'avait-il pas entrepris une tâche au-dessus de ses moyens? Jusqu'ici, il n'avait pas trop mal réussi. Mais pour Célia, c'était une autre affaire.

Pour échapper à sa préoccupation, il se remémora la scène rapide qui avait eu lieu, la veille, dans le bureau de l'écrivain.

A l'issue d'un dîner assez morne, où Célia n'avait pratiquement pas ouvert la bouche, donnant ainsi la mesure de son capricieux caractère, Ted avait demandé un entretien privé à Paul Danzigier, d'un ton qui n'admettait pas d'échappatoire.

Face à face avec son hôte, il avait attaqué sans préambule :

— Pourquoi faites-vous écrire vos romans par un autre ?

Paul Danzigier avait accusé le coup, cherchant maladroitement à se défendre sans pour cela nier le fait.

— Ecrire, c'est beaucoup dire... Mettons que... que je me fais aider par mon secrétaire. Ce n'est pas défendu, que je sache ?

— J'ai spécifié : écrire. Si ce n'est pas défendu par la loi, il me semble que la loyauté ne donne pas le feu vert. Je sais tout, inutile de chinoiser.

— Serge m'a trahi, n'est-ce pas ? Il me le paiera !

— Non, c'est vous qui allez le payer. Mais je veux entendre la confession de votre bouche. Parlez.

Désemparé, Danzigier avait tout avoué. Au fond, il n'était pas méchant. C'était un faible, que le moindre scandale effrayait. Il craignait aussi sa sœur. Les commérages.

Chose étrange, tout comme Serge, il se sentait soulagé au fur et à mesure qu'il disait la vérité.

— ... Oui, j'ai été subitement incapable d'écrire. Tout s'effondrait. Mon image de marque, l'argent. C'était la déchéance, qui allait me faire perdre le peu d'ascendant que je possédais encore sur mes enfants. Serge était jeune, inexpérimenté. Il avait du talent, j'avais un nom. Nous avons donc conclu un marché. Après tout, il a accepté et n'a pas fait une mauvaise affaire.

— Il fallait l'encourager quand vous avez découvert son talent, lui laisser courir sa chance, l'aider! Au lieu de cela, vous l'avez asservi. Reprenez-vous, Danzigier. Vous avez mal agi et vous le savez, mais, comme la plupart des gens, vous refusez de regarder au fond du miroir. Rachetez-vous...

L'accablement de l'écrivain causait à Ted une certaine pitié, qu'il refoulait pour ne pas s'attendrir.

— C'est entendu, Serge est libre.

Ted avança la main, en le fixant bien en face.

— Alors remettez-moi la clef de cette liberté.

— Que... que voulez-vous dire?

— Vous comprenez très bien, dit Ted avec douceur. Les aveux de Serge. Un pauvre gosse qui a eu un geste malheureux. De ça aussi je suis au courant.

Le dos voûté, définitivement K.O., Danzigier était allé chercher un papier dans son coffre.

— Voilà. Mais me croirez-vous si je vous donne

ma parole d'honneur que je ne m'en serais jamais servi?

— Je le crois. Mais Serge ne le savait pas, lui.

Longuement, Danzigier l'avait dévisagé.

— Qui êtes-vous donc, monsieur Davis, pour avoir découvert ces secrets et joué au justicier?

— Une simple relation de vacances.

— Non. C'est plus compliqué. C'est... vous voyez, je ne trouve pas les mots.

— Eh bien, ne les cherchez pas. Je vais encore vous donner un conseil, en prime : intéressez-vous de nouveau à l'immobilier. C'est d'un excellent rapport et vous vous y connaissez. Quant à la littérature, mieux vaut partir en beauté. Vous n'avez plus vingt ans. Soutenez votre poulain, votre ancien secrétaire. Une bonne action à votre crédit. Ce sera la version officielle.

— Vous n'avez donc pas l'intention d'ébruiter l'affaire?

— Non. Personne ne saura la vérité.

— Et Serge?

— Lui non plus ne parlera pas. Votre réputation sera intacte, tranquillisez-vous.

Tout avait été dit. Les deux hommes restèrent quelques instants silencieux, un peu embarrassés de leur personnage.

— C'est curieux, dit Danzigier au bout d'un moment. Je devrais être anéanti et je me sens plus heureux que je ne l'ai été depuis longtemps. Comment expliquer cela ?

— Facile, sourit Ted. Une conscience pure est le secret du bonheur.

Il avait repris son ton ironique.

Enfreignant la consigne, Irène Danzigier pénétra en trombe dans le bureau.

— J'ai frappé, mais tu n'as pas entendu. J'ai besoin de toi, Paul, au sujet d'une facture à laquelle je ne comprends rien.

Sur ce, elle adressa un gracieux sourire à Ted, en remuant avec complaisance son doigt où miroitait le solitaire.

Un acte se terminait. Ne restait plus que le dernier pour que le rideau tombe : le plus difficile à jouer.

*★*

Célia se regarda dans la glace et se trouva jolie. Constatation qui la rendit heureuse. Sentiment de joie profonde où n'entrait nul orgueil.

« Que m'arrive-t-il ? » Question qu'elle se posait inlassablement depuis le retour des vacances. De brusques changements d'humeur, passant du rire aux larmes sans raison apparente.

Sans raison, vraiment ? C'était comme une maladie dont elle n'aurait pas voulu guérir.

Elle s'attarda à contempler son image, enroulant songeusement une mèche de cheveux autour de ses doigts. Ses yeux brillaient plus que d'habitude.

« Comme deux étoiles. » Le mot lui fit penser à Ted. « J'ai quand même réussi à attirer son attention ! »

Bonheur démesuré, qu'elle mettait sur le compte du triomphe. La veille, Ted lui avait téléphoné.

— Que diriez-vous d'une promenade à la campagne, pour étrenner ma nouvelle voiture ?

Sans lui laisser le temps de protester ou de réfléchir, il avait enchaîné :

— O.K. je passe vous prendre à midi. Soyez prête.

Cinq minutes la séparaient du rendez-vous. Allons, l'ours s'humanisait. Elle entendait bien poursuivre sa campagne de séduction.

Ted l'attendait, les mains sur le volant. Il eut le temps de dissimuler son air soucieux sous un sourire gai.

— Où m'emmenez-vous ? demanda-t-elle, très chatte, en se coulant près de lui. Puis elle secoua la tête pour que sa chevelure effleure le visage du garçon.

— Je vous l'ai dit, à la campagne.

Sa voix s'était légèrement altérée, mais, tout à son contentement, elle ne le remarqua pas.

— C'est vague. Quelle direction ?

— Droit vers l'aventure!

Il démarra sec. Sa voiture s'engagea sous le tunnel de l'autoroute, émergea, fila vers le bois comme un bolide.

— Vous êtes bien sévère, aujourd'hui, observat-elle enfin, en regardant le profil tendu de son compagnon.

— Et vous bien jolie.

— Tiens, c'est le deuxième compliment que vous me faites.

— On apprécie davantage ce qui est rare. Mais ce n'est pas le deuxième. Vous avez oublié les autres.

Au bout de cinq minutes, Célia éprouva une légère inquiétude. Emancipée, certes. Mais, après tout, elle connaissait mal Ted. Déjà, en vacances, il avait eu des procédés bien mystérieux. Et, en cet instant, il avait l'air presque méchant, avec ses traits à l'emporte-pièce, sa mâchoire durcie.

— Je vous préviens, je n'ai pas déjeuné.

— Moi non plus.

— J'espère que vous avez prévu une étape?

Elle essayait d'adopter un ton léger, pour dissiper son malaise. Pour rien au monde ne le lui montrer. Pour qui la prendrait-il?

« On n'a jamais forcé une fille à faire ce qu'elle ne veut pas », se dit-elle, pour se donner du

courage. « Et puis, c'est quand même un type bien
élevé. Pas un voyou. »

Après tout, qu'en savait-elle ? Oubliant sa tentative de séduction, elle aurait volontiers rebroussé
chemin. Elle pensait à leur conversation sur le col
du Canadel, en quittant le restaurant « La Pizza »,
la violence de Ted, ses paroles.

— J'ai tout prévu.

La réponse, où elle décelait une certaine ironie
glacée, lui parut contenir une menace.

— Une auberge ?

Elle se raccrochait à ça. Une auberge, où ils
seraient entourés de gens, noyés parmi les clients.

— Non, pas d'auberge. L'endroit où je vous
mène est beaucoup plus intime. Laissez-moi vous
guider. Je vous l'ai dit, c'est une surprise.

Pour tromper sa peur, elle se mit à fumer. De
temps en temps, un coup d'œil oblique. C'était
pourtant vrai que Ted n'était pas mal. Et puis, il
appartenait à la race des forts. Parviendrait-elle à le
conquérir ? Et, si cela arrivait, trouverait-elle la
satisfaction escomptée en le repoussant ?

« Je ne sais rien de lui... »

Décidément, il avait tout de l'aventurier. Est-ce
cela qui l'attirait ? Ne lui en avait-il pas fait le
reproche, un soir ?

« La violence ? Les femmes adorent ça ! »

Sentiment équivoque. Devant lui, elle devait

bien le reconnaître, elle n'était qu'une petite fille, malgré ses audaces. Et Ted devait avoir pas mal d'expérience derrière lui.

Des panneaux indiquaient les villages traversés. Depuis quand roulaient-ils? Une allure de rapt. Pourquoi pensait-elle à un enlèvement? Complètement absurde. Une brume grise flottait dans la campagne.

— Terminus, jeune fille!

Le brusque arrêt l'avait catapultée vers le tableau de bord.

— Vous auriez dû attacher votre ceinture. A cause de vous, j'ai risqué la contredanse.

— Et moi une dent cassée. Nous sommes quittes. Mais je vois mal un contractuel dans les parages!

Autour d'eux, des champs plats. Un horizon lointain. Une zone désertique. Des oiseaux noirs tournoyaient aux cimes des rares arbres.

Isolée au bout d'un chemin creux, une seule maison. Le lierre grignotait les fenêtres à croisillons. Un étage, surmonté d'un grenier où l'architecte avait percé des fenêtres en « chien assis ». Le perron blanc était orné d'une lanterne en fer forgé. Certainement une maison confortable.

— C'est une auberge? demanda Célia, s'efforçant à la désinvolture.

— Je vous ai dit que non. Allons, venez.

Son refrain favori.

Il prit un bras réticent.

— Venez, répéta-t-il, avec un mélange de douceur et d'autorité

Que faire d'autre? Ils s'engagèrent dans le chemin creux. La maison semblait reculer. Célia éprouva brusquement une impression de piège. Pour se rassurer, elle se répétait toujours les mêmes choses. Qu'une fille peut toujours se défendre, que Ted n'était pas un malfaiteur, simplement un garçon qui tentait sa chance. Il n'y avait aucun mal à cela. N'importe qui en aurait fait autant. Il la croyait peut-être consentante? Par défi, par jeu, ne l'avait-elle pas provoqué?

— Entrez...

La pièce où Ted la poussait d'une main ferme était ravissante, confortable, avec des poutres brunes au plafond. Les meubles de style paraissaient anciens, choisis avec goût. Il se dégageait de l'ensemble une chaude impression d'intimité. Dans la cheminée au linteau de marbre, les bûches attendaient l'allumette. De lourds rideaux de soie verte encadraient les fenêtres. Aux murs, des tableaux, reproductions de toiles de maîtres. Impossible que ce soit des originaux. Il y en aurait eu pour une fortune.

Les pas s'enfonçaient dans l'épaisse moquette anglaise. Pure laine. Bien entendu.

— Que dites-vous de mon choix, Célia?

Elle se faisait l'effet d'un chaton perdu. Ce qui la rassura fugitivement, c'était le ton naturel de la question.

— C'est... très bien. Mais où sommes-nous, exactement?

Comme s'il s'agissait de la chose la plus banale, il énonça tranquillement :

— A cent kilomètres environ de Saint-Cloud, dans une campagne archi-déserte.

Clairs, indéchiffrables étaient les yeux de Ted. Comment y lire ses intentions?

— Merci pour le renseignement. Mais soyez plus précis : à qui appartient cette maison?

— A qui voulez-vous qu'elle appartienne?

Il eut un sourire d'une gentillesse exagérée, jugea-t-elle.

— A moi, bien sûr. Vous aurais-je entraînée chez des étrangers?

— Je ne vous croyais pas aussi riche.

— Vous ignorez à peu près tout de moi, Célia.

C'était vrai. Mais n'était-ce pas lui qui s'était toujours dérobé? Que faisait Ted? Il éludait toujours les questions sur ce sujet. De plus en plus forte, la pensée qu'il était un aventurier se plantait dans son esprit. Troublée, elle ne savait plus quoi dire, quelle attitude adopter. Surtout, ne pas montrer sa peur. Une peur mêlée de bien-être, il fallait en convenir. De plus en plus, elle trouvait cet endroit charmant. Il aurait fait bon y vivre.

— Asseyez-vous, ne restez pas figée là, comme une quille.

Il la guida vers un crapaud frangé de pompons, derrière un paravent. Elle découvrit alors deux couverts disposés sur une table ronde. Fine porcelaine. Argenterie. Nappe de dentelle. En somme, le piège classique. Avait-il abusé, en vacances? Oui, mais les vacances étaient les vacances. Ils n'étaient jamais rigoureusement seuls. Les mots prononcés par Ted résonnaient dans sa tête. « A cent kilomètres de Saint-Cloud, dans une campagne archi-déserte... »

Pendant qu'elle réfléchissait sur la conduite à tenir, ni trop décontractée, ni trop guindée, il avait craqué une allumette, les bûches commençaient à pétiller derrière le pare-étincelles doré.

— Seuls les fous ou les amoureux savent allumer un feu...

— Vous oubliez les gitans, Célia. Mais rectifiez le proverbe. Supprimez le « ou » car les deux ne font qu'un. Etre amoureux, c'est être fou.

Après avoir surveillé la naissance des flammes, tisonné, déplacé quelques brindilles à l'aide des pincettes, il était venu la rejoindre.

— Sommes-nous seuls, ici? demanda-t-elle, s'efforçant de prendre un air dégagé.

— Tout à fait seul. La maison est vide. J'ai éloigné les gardiens.

— N'attendez-vous pas des amis?

— Personne. D'ailleurs, regardez : il n'y a que deux couverts.

— Mais c'est un véritable guet-apens, s'exclama-t-elle, s'appliquant à rester enjouée pour lui donner le change, tandis que son cœur se crispait d'inquiétude.

Tranquillement, il avoua, sur le même ton badin :

— En effet, c'en est un.

Elle chercha une cigarette, n'en trouva pas, reprit, avec un sourire de commande :

— Pourquoi toutes ces précautions de conspirateur?

— Parce que j'ai décidé de jeter le masque.

Plaisantait-il? Avec lui, on ne savait jamais. Célia avait de plus en plus de mal à se dominer. Elle donnait un sens menaçant aux gestes, aux paroles. L'angoisse se faisait vive comme une blessure.

— Jeter le masque? Je ne comprends pas.

— Ecoutez, Célia. Je suis las de jouer la comédie. Il est temps que je reprenne ma vraie personnalité. Changer de peau, en quelque sorte. Réintégrer ma peau d'origine. Mais qu'avez-vous, Célia? Vous êtes bouleversée. On dirait que...

Il s'empara d'une main pâle et glacée.

— Pourquoi avez-vous peur ?

Faiblement, elle tenta de protester. Mais il ne l'écoutait même pas.

— Ne m'avez-vous pas dit un jour que vous ne craigniez rien ? N'est-ce pas uniquement le côté inquiétant de mon personnage qui vous attirait ?

— Ted...

Les vingt ans de Célia n'étaient pas de force en face d'un tel adversaire. Ils cédaient à la panique. Plus question de crâner. Sa voix implorait :

— Ted, je vous en prie...

— Vous avez peur, enfin, murmura-t-il avec une espèce de contentement qu'elle jugea sadique.

En cet instant, elle le détestait.

Recroquevillée dans son fauteuil, sous le regard qui la dominait tout entière, elle mesurait sa sottise et sa vanité. Deux sentiments qui vont de pair. Aguicher Ted ? Jouer avec lui au gré de sa fantaisie ? Sotte, imbécile prétentieuse ! A présent, elle était à sa merci. Aucune femme ne pourrait faire souffrir cet homme de granit ! Que savait-elle de lui, à part ce qu'il avait inventé ? Un inconnu. Un redoutable inconnu avec lequel elle avait eu la vanité de se mesurer. D'avance, elle était perdue.

Se mordant les lèvres, elle arrivait à retenir ses larmes. Une sensation de danger imminent flottait dans l'air.

Ted poursuivit :

— Quand je vous ai vue pour la première fois, vous veniez d'échanger quelques propos avec Bruno, qui m'ont édifié. J'en ai conclu que vous étiez le prototype de la jeune personne que je déteste tout particulièrement. Rien dans la cervelle. Frivole, égoïste et snobinarde. La suite de nos relations a confirmé le diagnostic. En somme, vous étiez l'antithèse de celle que je rêvais de rencontrer : une femme bonne et sage, équilibrée, au milieu de cette vie de dingues que nous menons. Donc, tout l'opposé de mon idéal. De plus, vous n'êtes qu'une gosse. D'âge et de mentalité. Et pourtant...

Le dernier mot avait été si doucement prononcé qu'elle l'entendit à peine. Chassant la peur, une colère latente l'anima :

— Et c'est pour me faire entendre toutes ces gentillesses que vous m'avez amenée ici ? Sachez, puisque nous jouons au jeu de la vérité, que j'en ai autant à votre service ! Vous êtes cynique, insupportable, mufle, sans délicatesse ! J'en ai ras-le-bol de vos manières ! Et...

Elle faillit ajouter, comme lui : et pourtant...

Des sanglots nerveux lui coupèrent la parole. Il la laissa exhaler sa rancune, puis, quand la crise fut passée, encercla ses épaules :

— Venez faire la dînette, pour vous remettre les nerfs en place. Nous nous expliquerons après.

— Je n'ai pas faim.

— Obéissez-moi.

De mauvaise grâce, elle se décida. Il s'assit en face d'elle. Tout à coup, il était grave.

— Célia, laissez-moi diriger cette histoire comme je l'entends.

« Tiens, de quelle histoire veut-il parler? De sa tentative de séduction manquée, sans doute? »

— ... J'ai si peur que le contrôle m'en échappe...

— Ne pouvez-vous m'expliquer? Pourquoi ces mystères?

— Tout s'éclaircira bientôt. Soyez sage. Je file à la cuisine chercher le ravitaillement.

Elle le retint par la manche.

— Ted, pourquoi me détestez-vous autant?

Il reprit son air dur. Un air de lutte.

— Ce que j'éprouve pour vous est le sentiment le plus stupide, le plus déraisonnable qui puisse exister.

D'un coup sec, il se dégagea, la laissant perplexe, à demi-rassurée.

Il revint en un temps record, les bras chargés d'un poulet en gelée, d'une boîte de foie gras et d'une bouteille de champagne.

— Menu classique, rien de chaud. Un peu folklo sur les bords, dans le genre salon particulier.

De nouveau, il ironisait. Pouvait-elle se douter que c'était pour masquer son inquiétude? Elle l'avait surpris, à plusieurs reprises, à consulter l'heure. Attendait-il quelqu'un, malgré ses dénégations?

— A vos vingt ans, Célia, dit-il en levant son verre, après avoir fait exploser le bouchon récalcitrant.

— A la vérité, Ted.

Ils grignotèrent sans appétit. Célia ne savait plus que craindre ni espérer. Elle était complètement dépassée par les événements.

Ted n'avait plus du tout l'air du garçon qui ne cherche qu'une aventure. Il semblait inquiet, lui aussi, mais cette peur n'était pas de même essence que la sienne.

Bu à jeun, le champagne grisa Célia. Elle était dans un tel état de tension, des pensées si confuses emplissaient son esprit qu'elle se sentait soudain toutes les audaces. Curieusement, Ted cessait de l'effrayer.

— Ted, c'est faux ce que vous avez dit tout à l'heure.

— J'ai dit tant de choses...

— Vous avez soutenu que seul votre côté... disons inquiétant, m'intéressait.

— Si ce n'est pas vrai, je n'ai plus aucun atout pour vous plaire.

Elle ne répondit pas.

— Si j'étais un voleur et un assassin, que penseriez-vous ?

Oui, la peur l'avait abandonnée. Comme on quitte un vêtement. Sans motif apparent. Spontanément, elle dit :

— J'aurais de la peine.

Souriant, il remplit les verres.

— Alors, consolez-vous, car je ne suis ni l'un ni l'autre. Me croyez-vous ?

Au moment où il allait ajouter quelque chose, il s'immobilisa, attentif, les sens en éveil. Un bruit de pas faisait craquer les feuilles, dans l'allée, de plus en plus précis. On venait.

« Mais c'est impossible, nul ne connaît cette maison ! »

Ted avait donné de fausses indications à Larsenne, non pas dans l'espoir de le duper longtemps ou de lui échapper, il savait que, tôt ou tard, une explication entre eux était inévitable, mais pour faire reculer l'échéance, le temps de tout expliquer à Célia. L'orage éclaterait après.

Le bruit cessa. Il essaya sans y croire de se rassurer : un chat, peut-être ? Le vent ? Cette alerte lui fit comprendre qu'il fallait aller vite. Finis les atermoiements, les allusions. Foncer sans plus attendre. Qui sait s'il gagnerait la partie ? Il avait affaire au diable. Il n'était que son auxiliaire. Un apprenti.

— Célia, je n'ai pas achevé ma phrase, tout à
l'heure. C'est vrai, vous êtes pétrie de défaut, et
pourtant...

Il se pencha vers elle. Son haleine effleurait sa
joue.

— Pourtant je vous aime. Avec toute la folie que
cela comporte. Je vous aime. Voilà la vérité contre
laquelle je luttais, comme si l'on pouvait nager
longtemps à contre-courant. Mon erreur a été de
croire qu'on choisit son amour. Non. On l'assume,
comme une fatalité.

Pétrifiée, comme si elle avait reçu un choc, elle
ne cillait pas. Les mains masculines, frémissantes,
emprisonnèrent le visage de soie. La lumière
creusait des étincelles dans la belle chevelure.

— Célia, ma chérie, réponds-moi. Peux-tu
oublier les dix ans qui nous séparent? Je ne
ressemble pas à Bruno. J'ai mal agi avec lui. C'est
par jalousie inconsciente que je vous ai séparés.
Peux-tu m'aimer, Célia?

Peu à peu, elle remontait à la surface, écoutait
presque sans étonnement cet aveu qu'un instant
auparavant elle n'aurait même pas pu imaginer.
Comme si, depuis toujours, elle savait que cela
devait arriver. C'était donc cela, le destin? C'était
cela l'amour? Un sentiment à la fois tendre et cruel,
embrouillé, terriblement compliqué et finalement si
simple?

— Moi aussi, je t'aime, Ted. Je viens seulement de le comprendre. Je t'aimais sans pouvoir l'expliquer...

— Alors n'explique rien.

Abaissant lentement son visage, il prit possession des lèvres douces au goût de fleur.

— Heureuse?

— Très.

Eblouis, ils se regardaient comme on se regarde dans un miroir.

— C'est ton dernier miracle? interrogea-t-elle, pour réagir contre l'émotion.

— J'espère que non. Je souhaite éperdument qu'il me reste un peu de pouvoir pour conjurer le mauvais sort.

Elle ignora le ton grave, le regard soudain obscurci.

— Avais-tu besoin de m'amener jusqu'ici, en me faisant une peur épouvantable, pour me parler d'amour?

— Pour ça et pour autre chose, ma chérie.

Cette fois, son air soucieux ne pouvait pas lui échapper.

— Qu'est-ce que tu as, Ted?

— Il faut que je t'apprenne un fait important. Un grave danger te menace. Je préfère te mettre en garde. A deux, nous serons plus forts.

Elle ne frémit pas.

— Quel danger?

Comme si, désormais, elle pouvait courir le moindre danger à son côté!

— Je t'ai parlé de Larsenne, l'autre fois. Un soir, le hasard m'a fait connaître cet homme. Quand je dis un homme... C'est le diable incarné. Il est capable de tout pour concrétiser son idée fixe, son rêve ou sa folie.

Elle élargit ses yeux bleus.

— Quel est ce rêve?

— Toi.

Il marqua un temps d'arrêt, reprit :

— Il t'aime à sa façon. Un amour qui peut le pousser jusqu'au crime. Ce type est complètement dingue, à mon avis. Contre une forte somme d'argent, il m'a ordonné de pulvériser la famille Danzigier. Dans cette intention, il m'a expédié sur la Côte, où vous preniez vos vacances, avec du fric et des instructions. En laissant à mon initiative personnelle la manière dont je vous aborderais. Opaline... Tu saisis?

Malgré la situation qu'elle envisageait à présent avec pessimisme, Célia rit.

— C'était donc un truc! Je m'en doutais. Pauvre tante Irène! Il ne faut pas lui ôter ses illusions! Si elle apprenait un jour que tu étais à la fois le sauveur et le ravisseur! Mais, continue. Que

signifie pulvériser? Tu devais mettre une bombe
sous nos lits?

— Pas exactement. Larsenne n'est pas un meur-
trier. Détruire est le terme qu'il avait employé. Je
devais compromettre ton frère dans une sale
histoire de drogue ou de chantage, ruiner la carrière
de ton père...

— Quel sort me réservait-il?

— Il m'a chargé de t'enlever, ce qui est fait. A
présent, il entre en piste. C'est lui qui te poursuit.
Il veut te conquérir. Et je le connais à fond : il
préférerait te tuer plutôt que de te voir à un autre.
Voilà. Terminé. Tu sais tout à présent.

Pendant ce récit, Célia était passée par diverses
oscillations.

— Et toi, que viens-tu faire dans cette histoire?
Tu as accepté l'argent?

— Oui.

— Tu pouvais refuser? Si j'avais été laide...

Il comprit ce qu'elle voulait dire, lui prit les deux
mains avec tendresse.

— J'ai fait seulement semblant d'accepter, car il
se serait sans doute adressé à un autre, moins
scrupuleux. Rassure-toi. Tu aurais été affreuse que
j'aurais agi exactement comme je l'ai fait.

Des points restaient obscurs.

— Pourquoi t'a-t-il choisi? Dans quelles circonstances vous êtes-vous rencontrés?

— Ça c'est une autre histoire. Je te la raconterai quand elle sera terminée.

— Crois-tu au happy-end?

— Il faut toujours y croire, Célia. La confiance est le pivot du succès.

Elle revint à ce qui la tourmentait depuis un instant.

— Il t'avait demandé de me conduire ici. Donc, il va venir?

— Je lui ai menti, en lui donnant une fausse indication.

Pourtant, Ted restait sur ses gardes. Il était certain que c'était un bruit de pas, dans le jardin. Larsenne était la méfiance même. L'avait-il suivi?

— Et quand il s'apercevra que tu l'as trahi?

— On avisera. N'aie pas peur.

— Si, Ted, j'ai peur! Pour toi surtout!

D'un élan, elle se jeta contre lui. Les baisers de Ted la réchauffaient.

— Ne t'inquiète pas. Larsenne finira bien par se lasser. C'est un fou, je t'assure.

Un fou qui ruminait son amour insensé depuis tant d'années. Non, jamais cet homme-là ne renoncerait. De quoi n'était-il pas capable? Mais Ted essayait de rassurer Célia.

— Ted Davis, c'est ton vrai nom? chuchotat-elle à son oreille.

Il n'eut pas le loisir de répondre. La porte s'était

ouverte, violemment poussée, et un homme entra.
Dans sa figure blême de rage étincelait un regard
halluciné.

— Larsenne! s'exclama Ted en se plaçant
rapidement devant Célia, pour la protéger.

Une seule attitude pouvait encore les sauver : le
sang-froid. Le calme contre l'exaltation. Mais Ted
ne possédait que cette arme. Larsenne, lui, tenait
un revolver.

D'un coup de talon, il referma la porte, s'avança
vers les deux jeunes gens et, pointant le revolver,
émit un ricanement de mauvais augure.

— Alors, cher ami, on avait la prétention de
tromper Henri Larsenne?

Devant l'imminence du danger, Ted rassembla
sa volonté. Sans se départir de sa légère ironie, il
protesta en souriant :

— Pas du tout. Il y a confusion. Je suis très
heureux au contraire de vous voir.

— On ne le dirait pas.

Rire sec.

— Je me doutais que vous mijotiez une traîtrise,
c'est pourquoi je vous ai suivi. Bonne inspiration.

— C'est ce que j'avais pensé, faisant confiance à
votre intelligence. Petite astuce de dilettante, pour
corser le jeu. Mais lâchez donc cette arme! C'est
désagréable pour parler.

— Ce qui est désagréable, c'est d'être pris pour

un parfait imbécile. Aurez-vous bientôt fini de vous
moquer de moi?

Non, ça ne prenait pas. Rien à faire. D'ailleurs, le
mensonge était un peu gros. Une chance sur mille
d'être cru. Larsenne était trop intelligent. Renonçant à cette tactique, Ted haussa les épaules, d'un
mouvement qu'il souhaitait désinvolte.

— Que comptez-vous faire?

Le regard de l'autre pétilla de méchanceté.

— Vous voudriez bien le savoir, hein? Je suis
bon prince, je vais vous l'apprendre.

Le revolver restait braqué, ce qui constituait un
danger permanent. Pas besoin d'être champion de
tir. La cible était offerte. A bout portant. Un geste
nerveux...

« C'est sensible, ces machins-là! A croire que ça
part tout seul! »

— Tout simplement, je vais vous supprimer,
mon cher. Par la suite, je n'aurai aucun mal à
prétendre que j'ai débarrassé la société d'un triste
individu en arrachant une jeune fille à ses griffes.

Avant que Ted ait pu l'en empêcher, Célia avait
réagi. Sa colère s'accommodait mal de la ruse.

— Vous oubliez mon témoignage! lança-t-elle,
agressive, en se plaçant à son tour devant Ted,
bravant l'ennemi.

Elle reconnaissait Larsenne. Des bulles de souvenirs montaient à sa mémoire. Ce regard ardent,

fiévreux, qui la suivait, adolescente, à travers les arbres du jardin. Une main maigre sur ses cheveux, au cours d'une brève visite à son père. En ce temps-là, elle percevait cette trouble émotion sans en comprendre le sens.

Maintenant, elle savait. Le sceau de la passion était imprimé sur les traits ravagés de l'homme. D'instinct, elle devina qu'elle était sa faiblesse et que d'elle seule pouvait venir le salut.

— Je rétablirai la vérité! A moins que vous ne me supprimiez, moi aussi! Vous n'en êtes peut-être pas à un crime près?

L'intervention porta. Larsenne blêmit. Visiblement, il endurait la torture. Celle d'un amour non partagé, impossible.

Son regard la brûla. Mais elle refusa de reculer.

— Tirez donc! continua-t-elle à le braver.

Il s'était ressaisi.

— Je ne toucherai pas à un seul de vos cheveux. Je ne vous veux aucun mal.

— Alors, baissez le canon de votre arme.

— Vous confondez. Je veux vous protéger.

Elle éclata d'un rire moqueur.

— La place est prise, je regrette. J'ai déjà un défenseur.

En une seconde, Larsenne fut ravagé par une effroyable jalousie. Il aurait été capable de les tuer tous les deux. A grand-peine, il se domina.

— Je comprends maintenant pourquoi vous m'avez trahi, Davis, dit-il sourdement. Je me suis trompé sur votre compte, vous croyant davantage attiré par l'argent. Mais l'erreur est facile à réparer. Vous avez choisi l'amour? A votre aise. C'est avec un double plaisir que je vais vous abattre.

— Lâche! cria Célia, frémissante d'indignation. Vous ne pouvez pas tuer un homme sans défense!

Au début, Ted avait maudit cette intervention intempestive. A présent il s'en félicitait, car elle avait troublé Larsenne, et un homme troublé est vulnérable. Muet, il guettait l'infime instant de faiblesse qui lui permettrait de risquer le tout pour le tout en bondissant sur son adversaire. Pile ou face. La sueur poissait sa chair. S'il ratait son coup, Larsenne, lui, ne le raterait pas.

— Vous me traitez de lâche, Célia, répondit Larsenne avec une subite douceur, aussi inquiétante que sa rage. Pourquoi m'attribuez-vous tous les défauts, à moi qui me présente à vous à visage découvert?

— Un peu tard, intercala la jeune fille, sans le quitter des yeux.

— Connaissez-vous celui que vous défendez avec tant d'ardeur? poursuivit Larsenne, sans tenir compte de l'interruption. Savez-vous quelle est son origine? De quels expédients il vit? Vous a-t-il

raconté la manière dont nous avons fait connaissance ?

— Ted m'a tout avoué.

Non, pas tout. Le récit comportait une faille. Elle
était certaine qu'il ne lui avait pas dévoilé sa vraie
personnalité.

Larsenne ricana.

— Cela m'étonnerait ! C'est un simple vagabond,
indigne de vous !

— Pour moi, l'argent n'a aucune importance.

Elle lui tenait tête — la chèvre de M. Seguin
devant le loup — tout en redoutant une révélation
de la dernière heure.

— Ce n'est pas une question d'argent ! Soit, je
l'ai payé pour qu'il vous livre à moi, ce qu'il n'a pas
fait. Soit, il a changé de camp. Mais cet homme est
un bandit, recherché par la police ! Une nuit, il est
venu se réfugier chez moi, par hasard. Si vous ne
me croyez pas, lisez les journaux ! Un malfaiteur !
Voilà ce qu'est votre chevalier servant ! Félicita-
tions ! Et ça, il ne vous l'avait pas dit, je parie ?

— Non, il ne me l'a pas dit, parce que c'est
faux !

Pourquoi sa voix n'était-elle plus aussi assurée ?
Le doute la reprenait. Cette maison luxueuse, qui,
soi-disant, appartenait à Ted, avec quel argent
l'avait-il achetée ?

A l'affût, sensibilisé par sa passion, Larsenne

perçut son fléchissement, et c'est ce qui le perdit. Le sentiment de la victoire proche le grisa.

— Célia, il faut me croire! Avoir confiance! Je suis riche, moi, je suis un honnête homme, épousez-moi, je vous aimerai comme vous le méritez! Oubliez ce voyou!

Il était d'autant plus sincère qu'il avait la certitude que Ted était un bandit de la pire espèce.

Un espoir insensé le soulevait. Une brève seconde, le canon du revolver ne menaça plus personne.

Ted, qui ne guettait que cela, bondit sur l'ennemi. Une manchette bien placée au poignet et le revolver gicla plus loin. Les deux hommes roulèrent sur le sol. Ted était plus jeune et plus vigoureux. Mais une force nerveuse décuplait les capacités de Larsenne.

Célia avait reculé, impuissante, priant le ciel que Ted ait le dessus. Même s'il était ce que prétendait Larsenne, elle ne le craignait pas. Seul, Larsenne lui inspirait une invincible répulsion.

La lutte s'éternisait. La haine aveuglait Larsenne. Plaqué sur le dos, il parvint à se dégager. Sa main rencontra la crosse d'acier. Il tendit le bras, tandis qu'un gémissement d'épouvante échappait à Célia. D'un geste prompt, Ted roula sur lui-même, agrippa un bras, le tordit. Un coup de feu claqua. Une odeur de poudre se répandit dans l'air.

Célia avait fermé les yeux. Elle les rouvrit. Toute sa vie dépendait de cet instant. Larsenne était étendu, livide, respirant à peine. Un peu de sang moussait à ses lèvres.

Le menton tuméfié, l'œil déjà violet, Ted se releva. Du coude, il essuya sa lèvre. Jamais il n'avait tant ressemblé à un cow-boy, après une bagarre dans un saloon.

— J'ai essayé de le désarmer, le coup est parti tout seul, dit-il d'un air piteux.

— C'est vrai. Je suis témoin.

Elle frissonna.

— N'empêche que c'est terrible. Pourtant, cet homme est un monstre.

Il secoua la tête.

— Peut-être. Mais un pauvre monstre. Sa passion pour toi l'a rendu fou. Il t'aimait, Célia. Pardonne-lui.

Ensemble, ils s'agenouillèrent près du corps. Le cœur battait encore, mais les ombres de la mort prenaient possession du visage.

Les paupières se soulevèrent. Une dernière lumière y brilla.

— Non, Davis, vous n'avez pas gagné...

Puis les traits s'adoucirent étrangement. Larsenne rajeunissait. Il ne souffrait plus. Il était mort.

Les deux jeunes gens se regardèrent.

— Qu'a-t-il voulu dire, Ted?

— Je t'expliquerai tout à l'heure. Le pauvre type a conservé une ultime illusion. C'est mieux. Jamais il ne saura que c'est lui qui a perdu.

Prévenant d'autres questions, il se redressa d'un bond souple.

— Il faut avertir la police. C'est un accident. Ma version : il m'a braqué par plaisanterie, ne sachant pas que l'arme était chargée. Un faux mouvement. Le coup est parti, le tuant net. Inutile de remuer les eaux troubles.

— On ne te croira pas.

Elle n'osait pas lui dire qu'avec son passé douteux, sa réputation...

— On me croit toujours ! affirma-t-il avec une belle confiance.

Pendant qu'il téléphonait, elle resta indécise, malheureuse, n'osant pas tourner la tête vers le corps de Larsenne, qui l'effrayait encore. Quel était le vrai visage de Ted ? Insolent et cynique, doux et protecteur. Et cette douceur, au fond des yeux, quand il parlait des étoiles... Sincère ou comédien ? Les deux, sans doute.

Il revint vers elle.

— Vite, Célia, les flics vont venir et je ne veux pas qu'ils te trouvent ici.

— Nous rentrons à Saint-Cloud ?

— Non.

— Où m'emmènes-tu encore? soupira-t-elle, brisée par les émotions.

La réponse la sidéra.

— Rendre visite à un riche industriel américain!

La voiture filait comme le vent sur la route déjà jonchée de feuilles mortes. Célia n'osait plus questionner. La vitesse achevait de l'anéantir. A la dérobée, elle lançait un coup d'œil furtif à son compagnon. Profil net, méplats accusés. Ted n'était plus qu'un immense point d'interrogation. Avait-elle rêvé l'aveu, tout à l'heure? A présent, il l'intimidait. Il n'avait plus l'air tendre.

Et ce drame. Quels en seraient les prolongements? Ted ne risquait-il pas d'être accusé de meurtre? Que vaudrait son témoignage à elle? On la prendrait peut-être pour une complice.

Elle frissonna.

— Froid?

— Non. Peur.

— Il ne faut pas.

Le dialogue s'arrêta là. A la longue, elle sentit une torpeur la gagner et s'assoupit. Un brusque coup de frein la tira de sa somnolence. La voiture venait de stopper devant un imposant immeuble ultra-moderne, dans un quartier qu'à première vue elle ne situa pas.

— Viens...

C'était son mot-clef. Que pouvait-elle faire d'autre que le suivre? L'impression de rêve persistait.

Ils traversèrent un hall luxueux au dallage de marbre. Des plantes vertes jaillissaient des bacs en verre épais. Puis ce fut le glissement doux de l'ascenseur tapissé de moquette orange.

En un temps record, la cabine les déposa au dixième étage.

— Viens...

Il était obligé de la tirer par un bras, comme une enfant rétive.

Ils longèrent ainsi un interminable couloir jalonné de portes closes. Des employés les croisaient et il semblait à la jeune fille qu'ils manifestaient une certaine stupeur mêlée de respect. Mais n'était-ce pas plutôt de l'étonnement? Ils devaient avoir une allure insolite.

« Ils nous prennent sûrement pour des dingues. »

— Entre.

Tiens, une variante. Mais c'était encore un ordre. Elle obéit sans discuter. Qu'allait-elle découvrir, au bout de cette course qui lui avait paru sans fin?

La porte refermée, Célia se trouva dans un grand

bureau confortable et austère. Qui était cet ami américain? En tout cas, il n'était pas là. Dans quelle intention Ted l'avait-il menée jusqu'ici? Voulait-il demander service à son ami, qui avait le bras long? Ted quémandant aide et protection... Cela lui ressemblait bien peu. Le mystère continuait.

Ted, soudain, paraissait détendu. Attitude qui lui permit de demander :

— Où sommes-nous?

— Dans le redoutable repaire d'un des rois de l'industrie pétrolière.

La phrase était prononcée avec une emphase ironique qui la soulagea. Elle retrouvait un peu le Ted des vacances, cet insupportable garçon qui l'irritait et l'attirait à la fois.

— C'est l'ami dont tu me parlais?

— On ne peut rien te cacher. Je te présente Thomas, Edward, Davis Feninger.

— Mais... je ne vois personne.

Il passa derrière le bureau.

— Et maintenant?

Elle commençait à comprendre. Thomas, Edward, Davis. Les initiales de trois prénoms en formaient un : Ted.

— L'Américain, c'est toi? murmura-t-elle ahurie.

— Qui veux-tu que ce soit? Il n'y a pas de quoi s'en vanter, d'ailleurs. Ce foutu pétrole, que de

problèmes! Bientôt je serai peut-être un vrai
clochard! Qui sait?

Il plia ses longues jambes, croisa ses mains,
coudes sur le bureau.

— Assieds-toi et ouvre tes oreilles. C'est une
longue histoire. Version moderne d'un conte de fée.

Il avait récupéré son ironie. Elle aimait.

Ted manœuvra avec un visible plaisir son fauteuil pivotant.

— Il faut d'abord que je t'avoue une chose : je
possède un caractère un peu particulier. Tu dois
t'en être aperçue. Pour me désintoxiquer de tout ce
pétrole, des conférences, des décisions prises à
longueur de journée, j'ai l'habitude de partir un ou
deux mois, plus, parfois, au hasard des routes,
incognito, bien entendu. Tenue de rigueur : jean
élimé, tee-shirt, espadrilles. Sac au dos, je flâne,
dors au bord des routes. Un soir, j'ai fait du stop.
Là, ça bifurque d'une façon originale. C'est le
conducteur qui m'a attaqué! Sans doute avait-il
aperçu mon portefeuille. Car je pars avec du fric,
évidemment. Que veux-tu, on ne peut pas se refaire
complètement.

Il fit craquer les jointures de ses longs doigts.

— J'avais été attaqué par surprise. Le gars m'a
assommé. A demi inconscient, j'ai sorti mon
revolver, tiré au hasard, mais il a riposté et m'a
abandonné sur le bord de la route, emportant mon

portefeuille, avec l'argent et mes papiers. C'est pourquoi, au début, la police a confondu. Quand je suis revenu à moi, je me suis traîné vers la seule maison où brillait une lumière : celle de Larsenne, pour notre bien à tous, sauf pour le sien. La suite, tu la connais.

Il donna une pichenette au téléphone.

— Il me prend pour un vaurien. Me propose un vilain marché. Et je ne le détrompe pas, excité par l'aventure et surtout pour protéger des gens que je ne connaissais pas.

— En résumé, tu me protégeais déjà.

— Hé oui. On n'échappe pas à son destin.

Sourire moqueur, cachant l'attendrissement.

— Le lendemain, les soupçons de Larsenne étaient confirmés. On avait retrouvé l'individu qui m'avait attaqué, évanoui au volant. Son portefeuille attestait de son identité : la mienne. Trop blessé pour parler, il n'a rien pu dire ou voulu dire. Mais je suis intervenu. Que veux-tu, ce n'est pas uniquement physique : j'ai le bras long. Les journalistes ont étouffé l'histoire. Interdiction de publier quoi que ce soit dans la presse. Larsenne a continué à croire dur comme fer à mes mensonges. C'est ainsi que j'ai atterri sous un parasol de la Côte, après avoir été voleur de chien.

Un silence. Ils s'observaient.

Abasourdie, un peu vexée, elle demanda :

— Pourquoi ne pas m'avoir dit la vérité? C'était si simple. Et on aurait pu t'aider.

— Non, Célia. Trop de choses à remettre en ordre, dans la famille Danzigier. Je n'y serais pas parvenu si je m'étais présenté sous mon vrai jour. J'espère ne pas m'être trop mal débrouillé. Tu as pu le constater : ton frère bosse comme un mineur de fond, et tout le reste, quoi...

— Au sujet de Bruno?

C'est la première fois qu'elle le voyait rougir.

— Admettons que j'ai agi pour mon compte personnel. Si je te disais que j'ai un vague remords?

— Tu veux que je me réconcilie avec lui?

En trombe, il quitta le rempart de son bureau.

— Jamais! Il t'oubliera! Et puis c'est bête ce que je dis. Quel garçon pourrait t'oublier?

Il l'enlaça. Elle mit l'écran de sa main entre leurs lèvres.

— Et toi? Le pourrais-tu?

— Justement, il faut que je te prévienne. J'ai un caractère de chien. Je prends rarement les choses au sérieux. J'étais de la pâte dont on fait les célibataires. Je tenais à ma liberté plus qu'à tout au monde. Je suis...

Elle fit glisser sa main. Mais il ne l'embrassa pas encore.

— Ne continue pas. Je te connais. A mon tour : je suis coquette, insouciante, jalouse, pas douée pour la cuisine, gourmande, susceptible, un peu menteuse, curieuse, et...

— Confession terminée. Stop. Vous adore. Ai l'honneur de vous demander votre main, bien que ce soit désespérément démodé.

— Message reçu, dit-elle en lui offrant sa bouche.

A bout de souffle, il l'écarta légèrement, tout en étreignant de ses bras le buste menu.

— L'amour, finalement, c'est bête comme chou, ma chérie. Inutile de lutter, de tricher, de jouer au plus blasé. C'est toujours lui qui gagne. Je t'aime. Et les étoiles que j'aime aussi, je les retrouve dans tes yeux. Je te jure que c'est la première fois que je me lance dans la poésie. Suis-je doué ?

Elle sourit.

— Une question encore. Le vœu que tu as fait le soir de l'étoile filante. Je le devine aujourd'hui, puisqu'il est exaucé. C'était le même que le mien ?

— Exact, dit-il en la reprenant contre lui. Je voulais que tu m'aimes, comme je t'aimais déjà...

ACHEVÉ D'IMPRIMER LE
27 JANVIER 1978 SUR LES
PRESSES DE L'IMPRIMERIE
BUSSIÈRE, SAINT-AMAND (CHER)

N° d'éditeur : 31.
N° d'imprimeur : 1756.
ISBN : 2-235-00358-3.
Dépôt légal : 1er trimestre 1978.